COBALT-SERIES

虚弱王女と口下手な薬師

告白が日課ですが、何か。

秋杜フユ

集英社

Contents
目次

虚弱王女と口下手な薬師

告白が日課ですが、何か。

The Characters
登場人物紹介

アティナ
ルルディ国の王女。
生まれながらに病弱で、
ルイスの薬が必須。

ルイス
アレサンドリ神国の
有名魔術師一家の次男。
アティナの父が
ルルディ国へ招いた有能な薬師。

コンラード
ルイスの兄。

アメリア
コンラードの妻。

アルセニオス
代々ルルディ王家に仕えてきたフロステル家の若き当主。未来の騎士団長と目されている。

デメトリ
アルセニオスの副官で、彼に並々ならぬ忠誠心を抱いている。

クリスト
領主であるアティナに代わり、フィニカの政務を取り仕切っている。

カリオペ
侍女の補佐をしていた町娘。侍女がいなくなったあともアティナの世話を続けている。

イラスト／サカノ景子

虚弱王女と口下手な薬師

告白が日課ですが、何か。

第一章　忘れられた王女の奔走

空はいまだ金色に輝いているというのに、あたりは蒼いベールに包まれて仄暗《ほのぐら》い。町を囲う高い山の向こうに夕日が隠れてしまったからだ。

切り立った崖《がけ》の上にひっそりと存在する町、フィニカの夜は早い。

日干し煉瓦《れんが》を積み上げただけのわびしい住居を、青々と茂る緑や鮮やかな花々が彩《いろど》る様は、花の楽園と呼ばれるルルディ国にふさわしい。けれど残念なことに、山の影に町全体が覆《おお》われたいまとなっては、花たちも花びらをたたんで眠る準備を始めてしまっている。

夜は刻一刻と存在感を増し、限られた土地ゆえに入り組んだ細い路地を囲う家々に、ぽつりぽつりと明かりが灯る。愛《いと》しい人のために夕食の準備を進めていた少女——アティナも、部屋の中の燭台《しょくだい》に火を灯した。

かまどの前に戻り、杓子《しゃくし》で鍋《なべ》をぐるりとかき混ぜながら、アティナは満足げに笑う。今日のシチューの出来は味見の必要もないほどに完璧《かんぺき》だ。前回はうっかり焦がしてしまい炭を食べている心地になったが、今回は最初から最後まで城の料理長の監督の下で完成させた。あとは愛しい人が帰ってくるまで鍋をかき混ぜ続けていればいい。

杓子を回す手は動かしたまま、アティナは後ろをちらりと見る。ダイニングテーブルを飛び越えた先にある玄関が開くのをいまかいまかと待ちわび、膨《ふく》らむ期待に身を震わせながらひときわ大きくかき混ぜたとき、背後で扉が開く音がした。

はじかれたように振り返れば、濃紺《のうこん》のローブを纏《まと》った男が扉を開いて立っていた。

「先生、お帰りなさい！」

手に持つ杓子をかまどの脇に置き、アティナははしゃぐ心のまま玄関へと駆けだす。薄紅色《うすべにいろ》の長い髪と首から提げるペンダントを揺らしてダイニングテーブルの横を通り過ぎ、先生と呼んだ愛しい人の目の前に立つと、恥じらうように微笑《ほほえ》んだ。

「研究お疲れさまでした。夕食にされますか？　ずっと部屋にこもりきりでしたし、身を清めてさっぱりする方が先かしら。それとも、わ・た――」

「アティナ」

新婚夫婦の定型とも呼べる台詞《せりふ》を最後まで言わせずに、濃紺のローブを纏う男はアティナの名を呼んだ。みっつの選択肢《し》の中で、まさか自分が選ばれるなんて思っていなかったアティナは、アイスブルーの瞳を見開いて頰《ほお》を真っ赤に染める。ふっくらとした唇からは「あ」や「う」といった声が漏《も》れるばかりで、まともな言葉は出てきそうにない。

自分で言い出しておきながらおたおたとするアティナとは反対に、彼は扉から吹き込んでくる風に黒髪をなびかせつつ、細く骨ばった腕を伸ばす。その手はアティナの頬に触れ――ることなく、彼女の目の前で、手のひらを天井へ向けた状態で止まった。

「鍵《かぎ》、返して。他人様《ひとさま》の家、勝手に入る、だめ」

幼い子供のいたずらをいさめるように、柔《やわ》らかながら芯の通った声で諭《さと》され、アティナの頬は見る間に色あせて、深い深いため息とともにしょんぼりと背を丸めた。

その背後で、物置へ通じる扉が大きく開き、四、五人ほどがなだれ込んでくる。彼らは勢いのまま折り重なるように床へ倒れ込んだ。

「そりゃないですよ、ルイスせんせぇ～……」

倒れ込んだ人々の誰かがそうぼやき、他の面々がうなずいて恨めし気に見上げても、先生こと、ルイス・ルビーニは漆黒《しっこく》の目を瞠《みは》ることなく眠そうな表情のまま、言った。

「だって、ここ、アティナの家じゃない。俺の家」

至極《しごく》まっとうな意見ではあるが、現状にまったくそぐわないルイスの答えに、その場にいた全員が「こりゃだめだ」と天を仰《あお》いだのだった。


光の神の子孫が治める国、アレサンドリ神国。大陸の中で最も古い歴史を持つ強大な彼《か》の国からひとつ国を挟んだ先に、アティナが暮らすルルディ国は存在した。

一年を通して温暖で、気候に恵まれ、その恩恵を受けた植物たちが色とりどりの花で喜びを表す様から、花の楽園と呼ばれている。

豊かな自然以外に誇るもののないルルディ国の辺境。切り立った崖の上にフィニカという町はポツンと存在した。町と外界を繫《つな》ぐのは一本の長いつり橋のみ。それを渡り、フィニカの町よりも標高が高い山を、徒歩なら数日かけて乗り越え、降りた先でやっと人里にたどり着ける。

フィニカの町の起源は分かっていない。ルルディ国が建国した頃にはすでに存在していたからだ。ただ、小さな町であるはずなのに城——とは名ばかりの古い屋敷——があるため、どこかより落ち延びた人々の隠れ里だったのではといわれている。

そんな秘境とも呼べるフィニカの町と、あたりを囲う山の領主であるアティナは——

「ルイス様のお屋敷へ不法侵入したそうですね」

王都よりの使者デメトリに、顔を合わせるなりそう詰問《きつもん》され、黙って渋面《じゅうめん》を返していた。

不法侵入と言われると、犯罪者ちっくで嫌だな、とか。自信満々に披露した手料理のせいで数人倒れたとか知ったらものすごい怒られそうだな、とか。いろいろ思うところはあったのだが、それよりもまず、確かめなければならないことがある。

確か彼はつい今朝方フィニカの町へ到着したはずだ。どうして昨夜のことをすでに知っているのだろう。

「私を案内したメイドが教えてくれました」

「カリオペ――――！」

　裏切り者の名前を叫びながら振り返れば、部屋の隅でお茶の用意をしていたカリオペは首を傾《かし》げた。

「王女様がルイス先生に振られるのはいつものことじゃありませんか」

「いつものこととか言っちゃう!?」

　カリオペに容赦《ようしゃ》なく現実を突きつけられ、アティナは両手で頭を抱えて悲鳴をあげる。と、次の瞬間、強いめまいを覚えて頭が傾《かし》ぎ、膝から崩れ落ちた。

「王女様！」

　目を開けていても暗く閉ざされた視界で、カリオペの取り乱した声が聞こえる。自分の身体《からだ》であるはずなのにアティナにはどうすることもできず、ただ床に倒れ込んだときの衝撃を覚悟した、そのとき。

　誰かの腕がアティナを受け止め、ふわりと草の香りを感じた。

　受け止めた誰かはアティナをゆっくりとその場に座らせ、上体を支える。いまだ明滅する視界では支えてくれる人を確認することはできないが、アティナにはその腕の持ち主がわかった。

「……先生」

「興奮しすぎ、身体に毒」

ちかちかする目を閉じて、アティナは骨張っていながらもきちんと筋肉がついた胸に頬を寄せる。

「声、廊下《ろうか》まで聞こえた。何事かと思って、部屋をのぞいたら……………間に合って、よかった」

「ごめんなさい。助けてくれて、ありがとう」

慎重に開いた目に映るのは海の底を思わせる濃紺。いまだ揺らぐ頭を抱えて視線をあげれば、静かに星を抱く夜のような瞳が気遣わしげにこちらを見つめていた。

なんてきれいなんだろう——ルイスを見るたび、アティナは思う。

研究室へ引きこもってばかりいるゆえに青白い肌も、瞳と同じ漆黒の長い髪も、骨と関節が目立つ手も、ルイスを形作るすべてが美しい。

「先生……結婚してください」

「思ったより、元気。安心した」

たまらず口にした告白をあっさり袖《そで》にしたルイスは、アティナを抱いて立ち上がる。若木のようにひょろりと細いルイスだが、枯れ木と見まごう細さのアティナを抱えたところで揺らがない。危なげなく、先ほどまでアティナが腰掛けていたひとり掛けソファへ座らせた。

アティナが腰を落ち着けるなり、カリオペがソファ脇のレバーを操作し、背もたれを後ろへ倒す。全身をゆったりとソファへ預けられる角度に固定したところで、ルイスがアティナの目元へ布をかぶせた。

慣れているとしか思えない、流れるような処置を黙って見ていたデメトリは、大仰《おおぎょう》に嘆息《たんそく》して頭を振った。

「やれやれ……あなたは相変わらず、他人の手を煩《わずら》わせてばかりなのですね」

かいがいしくアティナの世話を焼くルイスとカリオペの手が止まる。アティナが目元を覆う布をずらせば、まるで胸にくすぶる激情を抑えているかのような、苦々しい表情のデメトリがいた。

「……お言葉ですが、デメトリ様。生まれつきお身体の弱い王女様のお世話をすること。それが私どもの仕事でございます」

先ほどまでの和《なご》やかさが嘘のように冷たい声でカリオペがとがめたが、デメトリは反省するでもなく鼻で笑った。

「ただおひとりの正当な王位継承者でありながら、政務ひとつこなせない脆弱《ぜいじゃく》な身体に生まれてくるなんて、罪です」

「アティナはもう、政務を行える。ただ、誰かさんたちがここに閉じ込めているだけ」

静かなルイスの反論は、デメトリにも思うところがあったのだろう。彼はぐっと目を細め、しかしすぐに元の余裕を取り戻した。

「アティナ様の主治医であるルイス様がおっしゃるのなら、本当なのでしょう。であれば、もうルイス様がフィニカの町にとどまる必要はないのでは？　いい加減、私と一緒に王都へ来て

くださいませんか。あなた様の素晴らしい才能は、こんな辺境の地に埋もれさせてはいけません」

「俺、医者じゃない。アティナの薬師《くすし》。だから、ここを離れるつもりはないよ」

アティナの薬師。ルイスが事も無げに告げた言葉に、アティナの心は浮き足立つ。

自分でも単純すぎると思うが、好きで好きでたまらないルイスが、自らアティナのものだと主張してくれたような気がするのだ。

「……では、このままフィニカの町に留まり続けると？」

そうだ、そうだぁ！　先生はずっと私の傍にいるんだぁ！　と心の中だけで激しく同意するアティナの想いが伝わったのか、ルイスが「そうだよ」と答える。

「アティナが成人するまで見守ること。それが、アティナの父様との約束。だから、俺はアティナのそばを離れない」

成人するまで――その言葉が脳内で反響し、夢心地だったアティナを見事現実に引き戻してくれた。

目元を覆う布をずらしていた手をだらりと落とし、まるで事切れた瞬間のように首が傾ぐ。

ルイスがルルディ国にずっといるわけではないとわかってはいても、直接彼の口から宣言されると、辛《つら》い。

落ち込むアティナの肩に、カリオペがそっと手を置いた。……余計に切なくなった。

落ち込んでいても仕方がないと思い直したアティナは、被《かぶ》っていた布を取り払い、身を起こす。

「勘違いしてはだめよ、デメトリ。先生はアレサンドリ神国のご厚意でこのフィニカの町に留まってくださっているの。私たちの勝手な都合でその尊《とうと》い御身を動かすなどと、あってはならないわ」

アティナはデメトリを諭《さと》すふりをして、自分自身にも言い聞かせる。

ルイスはルルディ国の人間ではない。ひとつ国を越えた先に存在するアレサンドリ神国に、前ルルディ国王であるアティナの父が頼み込み、わざわざ来てもらったのだ。

ルイスの役目はただひとつ。アティナを成人まで生きながらえさせること。当時十二歳だったアティナも、あと半年ほどで十七歳の誕生日――成人を迎える。

役目を終えたルイスは、愛する人たちが待つアレサンドリ神国へ帰ることだろう。

それは、最初から決まっていたことだ。

だから――

「先生、大好きです。私と結婚して」

今日もアティナはルイスに愛を告げるのだ。

「気持ちだけ、もらう」

たとえ一方通行だとしても。

デメトリから受け取った手紙に目を通していたアティナは、ため息をこぼして顔をあげる。ほのかに湯気の立つティーカップをテーブルに置いたカリオペは、その表情を見て眉《まゆ》を下げた。

「アルセニオス様はなんと?」

「予想通り。このところの難民の急増は、叔父様《おじさま》の圧政が原因だって」

父が亡くなり、叔父が王位を継いでからというもの、王家と一部の貴族が権力を掌握し、私物化した。贅《ぜい》の限りを尽くして金を湯水のように使い、足りなくなれば税率をあげて徴収する。

享楽《きょうらく》にふけるあまりまともな政《まつりごと》を行わず、汚職《たびかさ》が蔓延《まんえん》し、金や権力を握る者たちが自らの欲望のために弱者を踏みにじるようになった。度重なる重税も相まって、その地で生きることが困難になったものが、難民となって国内をさまよい始めたのだ。

「アルセニオスも騎士として治安維持に努めているみたいだけど、国政が安定しないと難しいそうよ」

アティナは首から提げるペンダントに手を伸ばす。卵型の、アティナの瞳と同じアイスブルーの宝石を金の装飾が包み込むこのペンダントは、幼いころのアティナに、アルセニオスが贈ってくれたものだ。

アルセニオスとは、代々ルルディ王家に忠義を尽くしてきたフロステル家の若き当主で、歴代の当主と同じように騎士団に所属しており、未来の騎士団長と目されている。

アティナが王都にいた頃から交流があり、身体の弱い自分の世話を焼いてくれる優しいお兄ちゃんという認識だった。療養のためにフィニカの町で過ごすようになってからも、彼は時折町を訪れては顔を見せてくれていた。

数年前に彼の父親が亡くなって家督を継いでからは、多忙を極めているらしく手紙のやりとりだけとなっている。

それでも、現国王である叔父やその家族と一切交流がなく、また中央権力へのつなぎすら持っていないアティナにとって、アルセニオスは国の現状を教えてくれる貴重な人材だった。

まぁ、毎度アルセニオスの手紙を届けているデメトリからすると、国政への影響力もないくせに現状を知りたがるアティナは迷惑でしかないのだろうけど。

デメトリはアルセニオスの副官で、剣の腕は劣るものの事務処理能力では右に出る者がいないそうだ。力がものを言う騎士団でくすぶっていたところを、当時隊長となったばかりのアルセニオスが部下に引き抜いた。以来、アルセニオスの右腕としてめきめきと頭角を現し、有事の際の的確な後方支援活動が騎士団でも大いに評価され、事務方の星と呼ばれているらしい。

そういった経緯から、アルセニオスに対して並々ならぬ忠誠心を持っているのは言わずもがなだが、なにかしら特技を持つ人間に対しては強い関心を示し、反対に能力に見合わぬ過分な地位を持つ者に対しては容赦《ようしゃ》なく冷たい。彼がアティナに対して辛辣《しんらつ》なのは、それゆえだ。

アルセニオスが自由に動けなくなってから、フィニカの町へはデメトリが来ている。それは考えるより身体を動かすことが得意な人間ばかりの騎士団内で、アティナの疑問にきちんとした答えを提示できる人間がデメトリしかいないからだ。剣は苦手だが騎馬は得意というのも要因だろう。

フィニカの町へは山を越えねばならず、狭く曲がりくねった山道は徒歩か馬が基本となる。険《けわ》しい山道を馬で越えても一日かかってしまう、どうしようもなく不便なところにフィニカの町は存在した。

そんな苦労をして、手紙を届けてくれたデメトリはというと、

「まったくあなたという人は……言っていることとやっていることが違っているではありませんか！」

と、諭したそばからルイスに告白したアティナに腹を立てて部屋を出て行った。

「デメトリったら、本当に帰ったの？」

アティナの問いに、カリオペはうなずいて答える。

王都から五日かけてやってきたというのに、手紙を渡すなり彼は帰ってしまったらしい。

「王女様がルイス先生に告白してふられるなんて、息をするように自然なことですのに。いちいち腹を立てて、まじめですよね～」

「ちょっと、頻繁《ひんぱん》に告白している自覚はあるけれど、ふられるところまで一連の流れのように語らないでよ」

「そう言われましても、事実ですから……」

口元に手を当て、アティナから視線をそらし言葉を詰まらせるカリオペの背後で、部屋の隅に控えていた若いメイドたちが「うん。うん」とうなずいた。

「王女様、くじけないでください！」

「ネバーギブアップです！」

「あれ、おかしいな。応援してくれているはずなのにうまくいく気がしない」

「それはまぁ、誰もうまくいくなんて思っておりませんから」

「ちょっと、カリオペ！　そこは否定してよ」

「王女様、くじけないでください！」

「ネバーギブアップです！」

「…………………」

メイドたちの応援が、告白の成功を祈るものではないと知ったアティナは、くじけそうな心を奮《ふる》い立たせるために黙って唇を嚙《か》むのだった。

その日の午後、アティナは城の裏庭にある畑にて、

「先生……好きです。恋人になってください」

「ありがと。でも、ダメ」

ルイスにあえなくふられていた。

またダメだったか、とがっくりと肩を落としたアティナは、間を置くことなく気を取り直して顔を上げる。その表情に数刻前までの悲壮《ひそう》感などかけらも見えず、まるで先ほどまでのやりとりが存在しなかったかのようにルイスの手元をのぞき込んだ。

「先生、なにをなさっているんですか？」

「畑に、肥料《ひりょう》、まいてる」

そう言うルイスの手には霧吹きが握られており、土の表面を湿らす程度に吹きかけていた。

ちなみにだが、ふたりがいる裏庭の畑はハーブといった見目と実益を兼ねたものではなく、城で生活する人々の腹を満たすための食糧を栽培《さいばい》する、正真正銘《しょうしんしょうめい》の畑である。

仮にも一国の王女が暮らす城の裏庭に、なぜ、畑などという庶民《しょみん》じみたものがあるのかというと、それはフィニカの町に原因があった。

フィニカの町は、切り立った崖《がけ》の頂点に存在している。崖の先は当然のことながら深い谷底で、さらに向こう側には人の手がほとんど加わっていない山が広がっている。

町と外界をつなぐのは谷を渡る一本の吊り橋のみで、橋を渡った先は険しい山を越えていく

細道が待っている。

　秘境としか言いようのないフィニカの町は、当然のことながら平地が限られている。ゆえに、まとまった広さの畑など作れるはずもなく、結果、各々《おのおの》が自宅の敷地内に畑を作り、自らの食《く》い扶持《ぶち》をまかなっているのである。

　それは、城であっても例外ではなかった。むしろ、広い敷地を活《い》かして積極的に農作物を育てては、家を追われてこの町へ流れついた人々――難民たちに配っている。

　ある意味、城内で一番価値あるものかもしれない。

「今年はちょっと、雨、少なかったから。新作、試してみた」

「みんなに配っているものとはまた違うものなんですか？」

「うん。あれは、植物の生命力、あげる薬」

　ルイスがフィニカの町へ来て四年。アレサンドリで魔術師と呼ばれる彼の薬師としての実力は素晴らしいものだった。十七まで生きられないだろうと医者がさじを投げたアティナをここまで健康にしただけでなく、比較的手に入れやすい材料で新しい肥料を開発し、町の人々みんなに配ったのだ。おかげで、町全体の収穫量は格段に上がった。

　しかし、今年に限っては、夏の間にまとまった雨が降らなかったせいで町は危機を迎えている。土から顔を出す緑たちも全体的に小ぶりで、栄養を作る葉っぱが育たなければ、栄養をため込む実も小さくなる。

それはすなわち、収穫量の減少を意味していた。自給自足を余儀《よぎ》なくされているアティナたちにとって、死活問題である。

「これは、成長速度、早くする、薬」

そう言って、ルイスが畑の土に霧を振りかけると、少ししおれていた葉っぱが見る間に息を吹き返し、さらにひとまわりほど大きく成長した。魔法かと思うほどの変化に、アティナは目を瞠《みは》った。

「こんな……すごい！　植物が急成長するなんて、そんなこと……。これなら、町の人々を飢《う》えから守れますね！」

喜びはしゃぐアティナへ、ルイスは憂《うれ》いの浮かぶ顔で首を横に振った。

「残念だけど……この薬、たくさん作れない。材料、限られてる」

「え、そ、そうなんですか……」

材料が足りないというのなら、すぐにでも手に入れたいところだが、あいにくそれは難しい。町を囲む山の中へ分け入っていけば可能かもしれないが、樹海のように木々が生い茂る山に入るのは非常に危険だ。

基本的に、薬の材料はフィニカの町と外界をつなぐ細い山道の周りで採取するか、時折やってくる行商人から買う以外に方法はない。

いや、行商人が拠点としているバリシアの街へ赴《おもむ》き、直接商人から薬草を買う、という手もあるにはある。しかし、早馬であっても町を囲む高い山を乗り越えるのに一日。山を抜けてからバリシアの街まで二、三日日かかる。それから薬草の手配をして戻ってくると思うと、一週間後と迫った収穫までには間に合いそうもない。

「……そんな貴重な薬を、城の畑で使ってしまっていいんでしょうか」

アティナはフィニカの町とあたりを囲う山の領主として、領民を守る義務がある。たとえ試作品であろうと、領民の困窮《こんきゅう》した生活を改善する手立てがあるならば、城の畑ではなく町の畑に使うべきなのでは、と思う。

アティナの迷いを、やはりルイスは頭を振って否定した。

「貴重、だからこそ、城の畑に使う」

「え？」と声を漏《も》らすアティナへ、ルイスは慈愛《じあい》に満ちたまなざしを向けながら、優しく語りかける。

「この畑は、城の人たちだけじゃない。遠くから逃げてきた人たちも、支えてる。だから、ここになにかがあれば、町全体が苦しくなる」

「そっか……難民たちを養えなければ治安が悪くなる」

助けを求める人たちを見捨てられず、ただただ受け入れてきたけれど、受け入れたものとしての責任が、アティナにはある。

「町の人たち、優しい。だから、逃げてきた人のために、食糧、分けてくれる。でも、それは最後の手段」

「そうですね。この肥料のおかげで収穫高が上がったら、町のみんなにも配りましょう」

「うん、それがいい」

そう言って、ルイスは笑う。お日様のようにほっこり暖かな笑顔を見て、アティナの胸が甘くしびれた。

「先生……もうほんと、どうしようもないくらい大好きです。なんでもするから恋人になって」

こらえきれず告白すれば、間髪《かんはつ》を容《い》れずに「無理」という短い返事がくる。とりつく島もない態度にアティナがうなだれていると、「でも……」という声がふってきた。

「なんでもしてくれる、なら、お願い、ある」

思わぬ言葉に、アティナは「えぇっ!?」と顔を上げる。

ルイスがお願いをしてくるなんて、初めてではないだろうか。彼はいつも人になにかを与えてばかりだから、こうやって願いを口にしてくれるだけでもすごくうれしい。だって、なんだかふたりの距離が縮まったみたいに感じる。

なになに、なぁに？　なにをしてほしいの、なんでもしますよ喜んで。愛する先生のためならば！

と、はやる気持ちを抑えながら、アティナはずっと高い位置にあるルイスの漆黒《しっこく》の目を見つめ、「なんでしょう」と問いかける。

アティナの必死の猫かぶりが功を奏したのか、ルイスはすんなりとお願いを口にした。

「あのね、アティナの手料理、もう一度、ほしい」

「…………へ？」

信じられないお願いに、アティナは目を丸くして固まる。

聞き間違いだろうか？　ルイスがアティナの手料理をもう一度食べたいだなんて、そんなことあるはずがない。

だって、料理長の力を借りて作った昨夜の料理でさえ、口が裂けてもおいしいとは言えない代物《しろもの》だったのだから。

料理長に手伝ってもらって――というか、料理長が作ったと言っても過言ではないからと、油断して味見をしなかったのがいけなかったのだろうか。あの後物置に隠れてのぞき見していた面々も交えて食した結果、数人が倒れた。

その様子を間近で見て、自分自身も口にして胸やけを起こしていたにもかかわらず、もう一度、食べたい、だと？

「はっ！　まさか……これは私の願望からくる幻聴!?」

「ううん、違う。現実」

いつの間にか頭で考えていたことが口に出ていたらしい。冷静に突っ込まれ、アティナはさすがにちょっとしっかりしようと反省した。

「えっと、その……先生のためならばいくらでも作りたいのですが……残念ながら、クリストに禁止されました」

クリストというのは、フィニカの財政を一手に引き受ける男のことだ。

アティナの父である前国王が亡くなったとき、病弱とはいえ正当な王位継承権を持つ王女の傍にいると、新しい国王から不興を買うかもしれないという事情から、アティナの世話をするためにフィニカの町に滞在していた貴族たちがこぞって領地へ帰ってしまった。

クリストの父も同じ時期にフィニカを離れているのだが、彼の場合は自らが治める領地に港という重要拠点を保有していたため、王位継承の混乱の中なにかがあってはならないと領地へ戻ったのだ。けれども、幼いアティナをひとり残すことはどうしてもできず、息子であるクリストをこの地に残していった。

父親がとても厳しい人だったからか。それとも、三男ゆえに実力のみで身を立てなければならないという不安からか。まだ三十も迎えていない若者であるはずのクリストは、お世辞《せじ》にも豊かだとは言えないフィニカの財政を、破綻《はたん》させることなく運営しているのである。

そんな有能な財政担当クリストより、アティナは料理禁止令を言い渡されている。

「いまはスープの材料ひとつとっても貴重なんです。そんな状況で、食べることすら困難な料理を作らないでください。材料の無駄使いです」

一言一句間違えることなくクリストの台詞《せりふ》を再現する。眼鏡《めがね》をかけているクリストがよくする、中指で眼鏡のブリッジを持ち上げる仕草も真似《まね》ておいた。

よほど完成度が高かったのか、ルイスは口元を押さえて「ぶふっ」とふいた。

「クリスト……言いそう」

「言いそうじゃなくて、実際に言われたんです。だから……先生のお願いはうれしいけれど、叶えられそうもありません」

せっかくルイスに頼まれたのになぁ、とアティナがしょんぼり背を丸めていると、しおれた花のようにうつむく頭の上に、大きくて骨張った手がのった。その手に薄紅色《うすべに》のつややかな髪をなでられて、アティナは内心で、思う。

よかった！　面倒くさがらずに髪の毛の手入れを続けていてよかった！

アティナは生まれつき身体《からだ》が弱いため、髪や肌がすぐに荒れる。おそらくは、髪を美しく保つだけの余力がアティナの身体にないのだろう。少しでも手入れを怠《おこた》れば、くすんでぱさぱさになってしまうのだ。

そんなアティナが全身を王女らしく小綺麗《こぎれい》に保てているのは、カリオペのおかげである。

もともとアティナの世話をする侍女《じじょ》がいたのだが、前国王が亡くなったときに全員王都へ引き上げてしまった。王女であるはずなのに、ひとり取り残されたアティナの世話を買って出たのが、カリオペだった。

カリオペはただの町娘だが、侍女たちの補佐としてずっとアティナのそばにいた。仕える侍女がいなくなっても、彼女はアティナの世話をやめなかったのである。

どんなにアティナの体調が悪かろうと、手入れだけは怠らなかったカリオペのおかげで、ルイスは髪に触れようと思ってくれたのだろう。今度カリオペになにかしらの礼をしなければ――などと、余計なことを考える程度には浮上したアティナが顔を上げれば、目が合ったルイスはふんわりと微笑《ほほえ》んでうなずいた。

「心配いらない。材料……いま、作る」

「……材料を、いまから…………え、作るんですか!?」

訳がわからず叫ぶアティナに対し、ルイスはなんてことないようにうなずいた。そして、濃《のう》紺《こん》のローブの胸元をまさぐり、手のひらより少し大きい、紫の皮の芋《いも》――甘藷《かんしょ》をひとつ取り出した。

甘藷なんて大きいものをどうやってローブの中にしまっていたのか、疑問に思うアティナに気づかず、ルイスは芋を埋めはじめた。しかも、土は土でも耕《たがや》した土ではなく、彼の足下。つまりはただの通路である。

堅くて肥料も入れていない場所に埋めてどうするか問いかける暇もなく、芋を植え終わったルイスは霧吹きのふたを外し、新作だという肥料を直接地面に振りかけた。

地面を濡らした肥料は染みこんでいったのかすぐに消え失せ、後に残ったのは、踏みならされた通路で不自然に盛り上がった土。なにかが埋まっていると一目でわかる小山を凝視していると、山の頂点がもぞもぞと動き――

顔を出したのは、小さな葉をつけた芽。自分たち以外の誰かがすでになにかを埋めていたとは考えられないから、これはやはり、いまし方植えた甘藷の芽なのだろう。半ば強引《ごういん》にアティナが事態を呑《の》みこんだところで、さらなる衝撃が襲った。

土から顔を出した芽が、瞬く間に成長し始めたのだ。

芽はにょきにょきとつるを伸ばし、黄みがかった小さい葉は色を深め大きく育ち、成長するつるから何枚も顔を出して数を増やしていく。

ザワザワと不穏な音を響かせながら急成長する植物というのは、恐怖以外の何物でもない。アティナは引きつった声を漏らしておびえた。

やがて、膝下くらいの高さまでくると成長がとまる。静かに見守っていたルイスがつるの根元をつかんで引っ張れば、まるまると肥《こ》えた甘藷がいくつも飛び出してきた。

土がこびりついていてわかりにくいが、しっかりと紫に色づいた芋を見て、ルイスは満足げにうなずきながらツタを振り、芋についた土を払う。そんな彼を呆然《ぼうぜん》と見つめていたアティナは、言った。

「先生は……魔法使いなんですか？」

「ううん、魔術師」

なにが違うんですか、と言ってやりたい衝動を必死にこらえたアティナを、誰か褒《ほ》めてくれないだろうか、と本気で思った。

「今日も、新しい難民が二名ほどやってきました。彼らが何者でどこからやってきたのか、不審な点はないか調べが終わり次第、食事と住む場所を与えようと思います」

ルイスが用意した甘藷を調理し終えたアティナは、執務室にて待っていたクリストより報告を受けていた。

フィニカの町を治めるアティナの基本方針として、やってきた難民は全員受け入れている。しかし、中には山賊《さんぞく》のような犯罪者が紛《まぎ》れ込んでいることがあるため、身元はきちんと調べていた。

通常通りの段取りを聞き、アティナが「それでかまわないわ」と答えていると、ノックの音が響き渡った。

「失礼いたします。王女様、お菓子が焼き上がりました」

バスケットを持ったメイドが部屋に入ってきたため、クリストは「菓子?」と眉根《まゆね》を寄せる。

「ティータイムには少々早すぎませんか」

「やだ、クリストったら違うわよ。休憩用の茶菓子じゃなくて、先生のために作ったお菓子のこと」

アティナは笑って否定しながら、バスケットの中身を覆《おお》い隠す布をはがす。甘い香りとともに、楕円形《だえんけい》の黄色い菓子が現れた。表面に塗った卵黄がいい具合に焼けてつやを放っている。所々茶色く焦げているのがまた食欲をそそった。

我ながら、うまくできたとご満悦になっていると、クリストが「まさか……」と眉間《みけん》のしわを深くした。

「その焼き菓子……王女様が作ったんですか!?」

「うん。そうだよ」とアティナがうなずけば、クリストは顔色を青ざめさせて「そうだよ、じゃありませんよ！」と声をあげた。

「あれほど料理はするなと言ったのに……。いいですか、今日もまた難民がやってきたんですよ。彼らを受け入れた以上、我々は食べさせていく義務があります。王女様の手料理で食材を無駄にする余裕はありません！」

「ひ、ひどい！　無駄になんてしていないもん！」

「しているじゃありませんか！　料理長につきっきりで手伝ってもらって作った料理が食べられない代物《しろもの》だなんて、無駄以外の何物でもありませんよ」

「あれは……城の厨房《ちゅうぼう》じゃない、慣れない場所で料理したからよ。今回は大丈夫！　城の厨房で作ったし、料理長だけでなく先生も一緒に見ていたから。なにか間違いがあればすぐに先生が気づくはずだわ。それに、材料となる甘藷も先生が用意したの。城の備蓄食糧に手は出し

けだ。

嘘は言っていない。ただ、新作肥料《ひりょう》で一瞬にしてできあがった甘藷だとは言っていないだけだ。

材料はルイスが用意したことに安心したのか、クリストは「……そうですか」と引き下がる。

「……それで？　その焼き菓子はどうするんですか？」

「もちろん。先生の元へ届けるのよ」

アティナが調理する様子を見学したルイスは、後はオーブンで焼くだけ、という段階になると、なにやら研究のための準備がしたいとかなんとか言って家へと帰ってしまった。

「焼き上がるころに城へ帰ってくる約束なんだけど、このまま届けてしまおうかしら」

「急ぎの案件はありませんので、よろしいですよ。私も途中まで一緒に行きましょう。新しくやってきた難民たちの様子を確認したいので」

フィニカの町へ逃げてきた難民は、いったん城門脇にある騎士の詰め所へ通される。そこで簡単な事情聴取が行われ、問題がなければ生活するための家へ案内する手はずだ。

皮肉なことに、王位が移って貴族たちがフィニカの町からいなくなり、彼らの使っていた屋敷がいくつも余っていた。ひとつひとつの屋敷が大きいため、部屋を割り振る形で難民たちを住まわせているのである。

「早く政情が安定しないかしら。いくら部屋が余っていると言っても、無限じゃないのだから」

メイドからバスケットを受け取ったカリオペを伴《ともな》って、部屋を出ようとするアティナがそうぼやけば。扉を開けて待つクリストが「そうですね」と首をひねる。

「案外……長くは続かないかもしれませんよ」

「叔父様《おじさま》や周りの貴族がそう簡単に考えを改めるとは思えないのだけど、たとえばどうなったらそんなことが起こるのかしら」

いぶかしむように目を細めて問いかけると、クリストは「簡単ですよ」と意地悪く目を輝かせた。

「革命を起こして、現国王とその一派を一掃《いっそう》するんです」

不敬罪《ふけいざい》で首が飛びそうな恐ろしい発言を、アティナがため息交じりに「無理ね」と否定する。クリストは「でしょうね」と答えるのだった。

ルイスをアレサンドリ神国から招いた際、アティナの父はフィニカ城内に彼の部屋を用意した。賓客《ひんきゃく》が過ごす場所であるから、日当たりもよく窓から臨《のぞ》む景色も申し分ない、調度品《ちょうどひん》にも贅《ぜい》を尽くした、城内でも格式が高い部屋だった。

しかし、城を訪れたルイスは通された部屋を見るなり、言った。

「明るい、まぶしい、つらい、無理」

部屋に背を向け扉を閉めると、ローブのフードを目深《まぶか》に被《かぶ》ってその場にうずくまる。まさかの事態に城のものたちが唖然《あぜん》とする中、彼をルルディ国まで送り届けたアレサンドリ神国の騎士が、「あー……非常に言いにくいんですけど」とチョコレート色の頭をボリボリとかいた。

「魔女の住処《すみか》みたいな暗くてじめじめした部屋、あります？」

結局その日、ルイスが通されたのは地下牢《ちかろう》だった。牢は牢でも、ならず者を閉じ込める無骨《ぶこつ》な場所ではなく、地位のあるものを軟禁《なんきん》するための牢である。つまり、窓がなく装飾品もない暗くじめじめとした狭い部屋だった。

賓客を牢に通していいのか、城のものたちは迷った。しかし、その他のじめじめとした場所は使用人たちが使うフロアか、倉庫くらいしかないのである。たとえ牢であろうと、ここは貴族が滞在するための最低限の品は備えている。苦肉の策だった。

ルルディ側の不安とは裏腹に、当のルイスは大喜びだった。そして、ルイスのお目付役《めつけやく》である騎士も満足しているようだった。

これで一応は丸く収まったか、と思ったところで、さらなる問題が起きた。

狭い牢には、ルイスが持ってきた大量の機材が入らなかったのである。

ルイスは薬師《くすし》としてルルディ国へやってきているが、本来はアレサンドリ神国から出すことを惜しまれる優秀な魔術師だった。彼が作る薬は様々な恩恵を世にもたらしている。ゆえに、どこであろうと十分な研究が行えるよう、様々な機材を運んできていた。それらをきちんと使える形に設置するため、急遽《きゅうきょ》一軒家を用意することになったのだ。

アティナの薬を素早く用意できるよう、最低限の調合機材を城の牢に。そして、新薬の研究が行えるしっかりとした設備を一軒家に置いたのである。

焼き上がった菓子を持ったカリオペをつれて向かうのは、一軒家の研究室である。

研究の準備があると言っていたが、いったいなにを研究するのだろう。今日新作の肥料を試していたから、そこで得られた成果からさらなる改良を行うのだろうか。

そんなことを考えながらアティナが城門へ向かっていると、城門脇の掘っ建て小屋から騒々しい男の声がいくつも響いてきた。

「あれって、もしかして……」とアティナがつぶやくと、前を先導するように歩いていたクリストが長い長いため息をこぼした。

「どうやら、今回の難民は山賊のたぐいだったようですね」

城門――というには少々威厳の足りない金属製の門扉《もんぴ》の脇にある掘っ建て小屋こそが、騎士の詰め所だった。たとえ詰め所にいる男たちが獣の毛皮を加工した服を着ていようとも、城の警備だけでなく交代で山に分け入り、獲物を狩っていようとも、むしろ警備より山に入る人間のほうへ人数を当てていないか、と詰め所にいる騎士の数を見て思っても、それでも彼らはフイニカの町の治安を守る騎士だ。

そんな彼らと難民が言い争っている。騎士に対して武器を振りかざし、脅《おど》しつけている彼らは難民ではなく山賊だったのだろう。それは理解できたとして、ふたりと聞いていた難民が七、八人に増えているのはなぜなのか。というか、騎士の数が少なすぎないだろうか。山賊よりも数が少ないだなんて……アティナは少し不安になった。

「へっ、こっちの方が数が多いんだ。町の入り口を守っていた奴らのようにさっさとひねり潰して、城のお宝をいただいちまおうぜ！」

「くっそぉ！　久しぶりに干していない肉が食いたいからって、狩り班に人数を割くんじゃなかったぜ」

団長と思われる声を聞いて、アティナは目頭《めがしら》を押さえた。要するに、ただでさえ少ない騎士たちの注意が難民のフリをした山賊に引きつけられ、その隙《すき》に別動隊が侵入したのだろう。最近は冬が近いこともあって狩った獲物は干し肉にしてしまっていたが、それが回り回って警備をおろそかにさせる。

嘆《なげ》くアティナへ、振り向いたクリストが優しく声をかける。

「心配など必要ありませんよ、王女様。このフィニカ城に、金目のものなんてありませんから」

「知ってたけど、心配しているのはそこじゃない！」

こらえきれず突っ込むと、クリストは「でしょうね」と答える。わかっていてとぼけるクリストを、一度本腰を入れて説教するべきだろうか。

悩んでいる間にも、詰め所から山賊の一部が飛び出してきた。どうやら、騎士の相手をする役と城を荒らす役に分かれたようだ。

詰め所から出てきた山賊たちは、当然のことながら城へ——アティナたちへ向けて走り出す。

このままでは危ないと身構えるアティナの前に、カリオペがかばうように立った。

「あなたたち、これを受け取りなさい！」

そう声をあげ、カリオペが投げつけたのは、バスケットに入っていた焼き菓子。

アティナが作った焼き菓子だった。

「……え、えぇっ!?　私の焼き菓子ぃぃぃぃっ！」

アティナの悲痛な叫びが響く中、琥珀《こはく》色の焼き菓子は青空の下を弧を描いて飛んでいき、こちらへと駆けていた山賊たちそれぞれの元へ落ちた。

山賊たちはカリオペがなにかを投げつけた瞬間こそ警戒していたが、手に収まった楕円形《だえんけい》の焼き菓子を見て、にやりと笑う。

「なんだい、メイドさん。もしかして、これで勘弁して帰ってくれ、とでも言うのかい？」

彼らは互いに顔を見合わせて下卑《げび》た笑いを浮かべ、焼き菓子を口に放り込んでしまう。

「……ふん、まぁ、味は悪くないな。さすがは城の食いも——ぐはぁっ!?」

突然、山賊たちが首元を押さえて苦しみだし、白目をむいて倒れてしまった。

全員の意識がなくなるのを見届けて、カリオペは口を開く。

「さすが……王女様が作ったお菓子ね」

「ええっ、私のせい!?」

「王女様のせいでしょう。だから、あなたが料理をするのは食材の無駄だと言ったのです」

「うぅ……でも、先生が料理してほしいって言うから……」

「アティナ!」

クリストに厳しくたしなめられ、もごもごと言い訳をしていたアティナを、切羽詰《せっぱつ》まった声が呼んだ。

「先生!」

振り返れば血相を変えたルイスが走ってきていた。彼は城門と城を結ぶ石畳《いしだたみ》の通路に倒れる山賊《さんぞく》たちと、カリオペの足下に転がる空《から》っぽのバスケットを見て、「まさか……」と息をのむ。

「アティナの焼き菓子、食べさせた?」

震える声で問いかけられ、罪悪感にさいなまれたアティナは「ごめんなさい……」と答える。

それだけで十分な答えになったのだろう。ルイスはその場に膝をつき、うなだれて地面に両手をつく。ぐっと拳《こぶし》を握りしめたかと思うと、地面にたたきつけ、叫んだ。

「成分分析、したかったのに!」

「まさかの研究目的だった!」

ルイスの真意を知り、アティナは頭を抱えて叫ぶ。

思い返せば、ルイスはアティナに料理をしてほしいと願いこそすれ、食べたいとは言わなかった。研究の準備があるといそいそと帰って行ったのも、つまりはアティナの焼き菓子を詳しく調べるためだったのだ。

よほどあきらめがつかないのか、ルイスは白目をむいて意識を失う山賊たちのあごをつかみ、無理矢理口を開かせて焼き菓子が残っていないか調べている。

「ルイス先生……なにをやっているんですか？」

詰め所に残った山賊を片付け、いまさら現場に駆けつけた団長が問いかける。力仕事などまったく似合わない、ひょろひょろと背だけが高いルイスが、必死の形相《ぎょうそう》で山賊の口を開ける様子は、さぞ面妖《めんよう》に映るのだろう。山賊の顔をのぞき込んで警戒していた。

「アティナの焼き菓子、食べた。作り方に問題ない。なのに、意識を失うような劇薬。変化してる」

「なるほど、どうして食べ物が毒に変わるのか、それを調べたかったんですね」

「あー……だめっすね、ルイス先生。こいつら、全部残さず飲みこんでます」

納得するカリオペと、一緒に山賊の口の中を調べ始める団長。そんな彼らの様子をどこか遠いまなざしで見つめるアティナの肩に、クリストが手を置いた。

「王女様。春が来るまで、料理は禁止です」

「もう二度と作るもんか！」

空へ向けて嘆くアティナへ、クリストは慰《なぐさ》めるでもなく「正解です」と言うのだった。


アティナが二度と料理をしないと誓ってから一週間。城の畑の収穫時期が来た。

今年は夏の日照りのせいで野菜の成育が悪く、難民流入も相まってあわや食糧危機かと危ぶまれたが、ルイスが作った新しい肥料のおかげで、例年と同じ程度には収穫することができた。

決して贅沢《ぜいたく》をできる量ではないが、慎《つつ》ましく生きる分には困らない。命をつなぐだけの食べ物がある。それがどれだけ幸せなことか、厳しい自然の中で暮らすフィニカの町の人々は知っていた。

「先生、ありがとうございます。先生の肥料のおかげで、今年の冬は、受け入れた難民や町の人たちに温かな食事を食べさせることができます」

城の使用人たち総出で収穫を行う様子を眺めながら、アティナはルイスに礼を述べる。

ふたりとも、サボっているわけではない。ある程度まともな生活を送れているが依然病弱なアティナと、研究に熱中するあまりすぐにひきこもってしまうルイス——体力のないふたりが手伝ったところで足手まといになるだけなので、現場監督という名目で隅に追いやられているのである。

「お礼、必要ない。当然のこと、しただけだから」

秋空の下、汗を流す使用人たちを、ルイスは柔《やわ》らかなまなざしで見つめる。それだけで、彼の優しさが伝わった。

「先生……やっぱり大好きです」

「うん、ありがとう」

あふれ出す思いのままに口にしたけれど、やはりルイスには届かなかった。

アティナはがっくりとうなだれたものの、声を掛け合って働く使用人たちの姿に励《はげ》まされ、顔を上げる。使用人たちはみな、たわわに実った秋の恵みを手に、笑顔を浮かべている。その中には、難民となってフィニカの町へやってきたものたちも含まれていた。

ルイスのおかげで、みんなが笑っていられるのなら、それでいいじゃないか。アティナも一緒に笑みを浮かべた。

「王女様、大変です！」

和《なご》やかな空気を破って、裏庭の畑へ飛び込んできたのは、城門を守る騎士だった。彼はアティナのそばまで一目散にやってくると、激しく息を切らしながらも懸命に話しだした。

「お、王都からの遣いが、やってきました！」

「王都からの遣い？　それって、デメトリのこと――」

「失礼いたします」

アティナの言葉を遮《さえぎ》るように、ひとりの男が裏庭に現れる。数人の騎士を引き連れた男は、畑の様子を見渡して意味深にうなずいた。

服装からして貴族だろうと当たりをつけていたら、男がアティナへと視線を戻し、膝を折って仰々《ぎようぎよう》しく頭を下げた。

「アティナ王女殿下におかれましては、ご機嫌麗《うるわ》しゅうございます。わたくしは、王都からの使者。ルルディ国王陛下からの書状を届けに参りました」

姿勢を正した男は、ジャケットの胸元から書状を取り出し、アティナへと差し出す。細く丸められた書状には王家の封蠟《ふうろう》が押してあった。封蠟を外して開き、内容に目を通す。読み進めるにつれ、アティナの表情がこわばっていった。

「農作物の追加徴収だなんて……こんなの、どうして！」

国王からの書状を隣に控えるルイスへと渡し、アティナは使者だという男へ詰め寄る。畑から駆けつけたクリストがルイスから書状を受け取る端で、男は平然と答えた。

「今年はどこもかしこも不作だったのです。餓死者《がしや》も出始めているそんな状況で、このフィニカの町は難民を受け入れるだけの余裕があるようでしたので、それを是非《ぜひ》とも、我々に分けていただきたく」

「不作なのは、我々も一緒だわ！　少ない量を分け合うことで、なんとかこの冬を乗り越えようと思っていたのに」

「そうおっしゃられましても、これは陛下の決定であり、私どもはそれに従うのみです。もしもこちらで納めていただけないのであれば、我々は他を当たるだけです」

「他……ですって？」と訊き返すと、男は口元をいやしくゆがめて「はい」と首を縦にふる。

「この町には、ここ以外にも小さな畑がたくさんあるでしょう。そちらから徴収させていただきます」

アティナは目をむいて言葉を失った。男が言う小さな畑とは、つまり町の人たちが持つ畑のことだ。この畑と違い、町の畑は夏の日照りを受けて収穫量が落ちている。そんな状況で徴収などされては絶望しか残らない。

「あなたたちは……私たちに、餓死しろというの？」

ふつふつとわき上がる怒りが、アティナの声を震わせる。

「とんでもございません。これは非常事態なのです。ですから、少しでも余裕があるところから、お力添えをいただこうと――」

「余裕など、あるはずがないでしょう！」

こらえきれず怒鳴ったアティナは、ついに立ちくらみを起こしてふらついた。そばに控えていたルイスが支えてくれたため大事には至らないが、こんな時に立つことすらままならなくなる自分が恨めしい。

「あぁ、殿下。お身体《からだ》に障《さわ》りますので、どうか部屋でお休みになってください。徴収は、我々がきちんとやっておきますので」

目の前の男は心配をするふりをして、その実アティナをこの場から追い出そうとしていた。

そんなこと、してなるものですか、とアティナは気合いを入れ、ルイスの腕を振り払って自分の足で立つ。

「心配してくれてありがとう。大丈夫よ。ちゃんと、あなたたちが仕事を全《まっと》うする姿を見ておくから」

つまりは、追加徴収分は城から払うが、余計な分を徴収されぬよう、きっちり目を光らせておく、ということだ。

アティナの意を汲《く》んだクリストが指示を出し、男のそばに収穫したばかりの野菜を積み上げていく。

クリストたちの対応に男は不愉快そうに表情をゆがめたものの、すぐに「まぁいいでしょう」ともとの余裕を取り戻した。

「それでは、しかと受け取らせていただきます」

男の指示を受け、王都の騎士がまだ土がついた野菜を城の外へと運んでいく。その様子を、アティナが沈痛な面持《おもも》ちで眺めていると、「あぁ、そうそう」と男が話しかけた。

「殿下にひとつ、助言をいたしましょう。現状を打開する、とても簡単な策がございます。受け入れた難民を放逐《ほうちく》すればいいんです」

なんてことはないことのように話す男に、アティナの目の前が真っ赤に染まる。

「あなたは、なにを……家を失った彼らを、見殺しにしろというの!?」

「家を失った? 間違いでしょう。彼らは、自分から家を捨てたのです」

「捨てるしかない状況に陥《おちい》ったからでしょう! 誰も住み慣れた場所を離れたいなんて思わないわ」

「家が燃えてなくなった訳でもないのですから、追い返せばいいのです。そうすれば、町の人たちが犠牲になることはない。ね? 上策でしょう」

曇りのない笑顔は、本気でいい案だと思っているからだろう。家を出て行かなければならない事態に陥らせた原因は、自分たち貴族が私利私欲に走ったからだというのに、なにが上策か。

彼と話したところでなんの解決にもならないと判断したアティナは、早々に彼らを町から追い出した。

残ったのは、わずかな食糧と暗い表情の使用人たち。ルイスのおかげで実った秋の恵みは、その三分の二を没収《ぼっしゅう》されてしまった。

ついさっきまで、みんな笑顔だったのに。そう思ったとたん、アティナは立っていることが適《かな》わなくなった。

ルイスたちの手によって自室まで戻ってきたアティナは、ベッドの上で薬を飲むなり休むことなくクリストを部屋に呼んだ。

「残った今日の収穫量と城の備蓄……すべてを足して、あとどれくらいもつのか、嘘偽りなく教えてくれるかしら」

問いかければ、クリストは悲痛な表情で話しだした。

「一日の食事量を極限まで制限したとしても……もって、十日かと思います」

「……そう」と、視線を落とすアティナへ、カリオペが食い下がる。

「王女様、町の人々に事情を説明して、食糧を分けていただきましょう。そうすれば、きっと――」

「それでもせいぜい二、三日延ばすのが限界でしょう。根本的な解決にはならないわ」

アティナの冷静な予想は当たっていたのだろう。クリストは眼鏡《めがね》を外し、眉間《みけん》に手を当てて押し黙った。

「……父に、掛け合ってみます。あの人はいま、領地に戻っているはずですから。事情を話して、援助をお願いしてみましょう。ただ……」

「今年はどこもかしこも不作だというから……援助するだけの余裕がないかもしれない」

口ごもったクリストに代わり、続きを話せば、彼は「そのとおりです……」と目をすがめた。

今年の夏は、本当に雨が降らなかった。作物は育たず、そこへさらなる課税が降りかかり、絶望した人々は家を捨て、食糧を求めてさまよい始めた。国中が不作だったためにどの領地も彼らを受け入れる余裕がなく、そのうえ、民衆の生活を顧《かえり》みる頭はないくせに国外への流出を嫌う貴族たちは、難民が他国へ出ていかないよう厳しく取り締まった。居場所もなく逃げることすら許されなかった彼らが行き着いたのが、フィニカの町だったのだ。

やっと落ち着ける家を手に入れた彼らを放逐するなんて、絶対にしてはならない。

「……とにかく、いまはできることをするしかないわ。城内の金目のものを売って、そのお金で食糧を買いましょう。私のドレスやこの部屋の調度品《ちょうどひん》も売りにだして」

「王女様のドレスや調度品を売るなど、できるはずがありません！」

カリオペの悲鳴に似た抗議を、アティナは静かに頭を振って却下《きゃっか》する。

「私は王女として、領主として、あなたたち領民を守る義務があるの。ドレスも調度品も、あとで買い直せばいいでしょう。でも、命を失ってはなんにもならないのよ」

何度となく命の危険にさらされていたアティナだからこその言葉に、カリオペは口を閉じる。

とりあえず、当面の方針が決まったところで、アティナはルイスを部屋に呼んだ。

部屋へやってきたルイスは、その手に湯気の立つカップをもっていた。ベッドに座るアティナを見て、彼は小さく息を吐いたあと、そばによってカップをさしだした。

「これ、少し、心が落ち着くから」

受け取ったカップからは、ほのかに甘い香りがのぼっている。口に含めば香りが鼻を抜け、喉《のど》を通っていった温かさはお腹の奥で柔らかく広がり、全身のこわばりをほどいた。

「先生、ありがとうございます。なんだか緊張がほぐれました」

ほっとひと息ついたアティナが礼を述べると、ルイスは空《から》になったカップを受け取り、ベッドの脇にあるテーブルに置いた。

彼がすぐそばの椅子《いす》へ腰掛けるのを待って、アティナは口を開く。

「先生に、お願いがあります」

「あの、肥料《ひりょう》、無理だよ。材料が、ない」

用件を伝える前に、ルイスが拒《こば》む。先読みされて驚いたが、状況を鑑《かんが》みればわかることだ。一度断られたくらいで、アティナも引き下がるつもりはない。

「いったい、どの材料が足りないんですか？　一度作ったということは、この地で手に入らない材料ではないのでしょう？」

「確かに、その通り、だけど……」

「だったら、お願いします。足りない材料はなんとしても用意しますから、あの肥料を作ってください！　植えた野菜がすぐに収穫できる、あの肥料があれば……みんなを守れるんです。そのためなら私はなんだってしてします」

アティナが難民を受け入れたのは、善意からではない。罪悪感からだ。

正統な王位継承者でありながら、脆弱《ぜいじやく》な身体ゆえに王位を継げず、私利私欲に走る者たちに権力を掌握《しようあく》されてしまった。反国王派の旗印にすらなれない役立たずだ。

自分が賢王になれるだなんて思っていない。けれど、もしも即位していれば、貴族の専横《せんおう》を許すことはなかっただろう。そう思うと、自分の無力さが腹立たしくて仕方がない。

だからせめて、流れついてきた人々を受け入れた。

ただのアティナの自己満足で、フィニカの町の人々を苦しめてはならない。とはいえ、受け入れた人たちを放逐することも、あってはならない。

「だからどうか、先生……お願いします！」

頭を下げ、何度も何度も頼み込む。クリストやカリオペは、初めて聞く話であるため訳が分からずあたふたしている。

ルイスは黙って見守っていたが、やがて長いため息をこぼした。

「……材料、ほんとは、ある。あるんだよ」

思いもよらぬ言葉にアティナが勢いよく顔を上げれば、ルイスはいまにも泣き出しそうな、苦しい表情をしていた。

「先生……？」

「アティナ、あの肥料…………アティナの薬と、同じ材料」

アティナは目を見開く。アティナだけじゃない。その場に居合わせたクリストやカリオペも、驚きの表情を浮かべていた。

「アティナが毎日飲んでいる、薬。その材料を、使えば……必要な、肥料、作れる」

それは、ルイスが一年の歳月をかけて作り上げた薬で、十七まで生きられないだろうと言われていたアティナの命を今日までつないできたもの。

その材料を使えば、食糧危機を、乗り越えられる。その代わり――

「アティナの薬、作れなくなる。それでも、肥料……ほしい？」

問いかけるルイスの表情は、本当に苦しそうで。大好きな人にこんな表情をさせてしまう自分が情けなくもどかしかった。

けれど、アティナはルイスの目をまっすぐに見て、宣言する。

「ほしい、です」

「王女様、いけません！」

アティナの答えを聞いて、声をあげたのはカリオペだった。視線を向ければ、彼女は胸元で握った両手を震わせ、すがるようにこちらを見つめている。

「……ありがとう、カリオペ。でも、難民を受け入れると決めたのは私だから。みんなを守らないと」

「ですがっ……そのために、王女様が――」

「大丈夫、私は死ぬつもりなんてないから。命をつなぐために、最大限の努力はするわ」

決意のこもったアティナの言葉に、クリストが「そうですね」と同意する。

「いつもこの町まで行商に来てくれる商人なら薬草をもっているはずです。山を越えて、店へ直接買い付けにいきましょう」

行商人は月に一度の頻度《ひんど》でフィニカの町までやってくる。ついこの間来たばかりだから、行商人の訪れを待つよりも拠点としているバリシアの街まで買いつけに行った方が早い。

「調度品を換金する時間も惜しいので、物々交換とします」

クリストはカリオペを強いまなざしで促す。いまにも泣き出しそうだったカリオペは、唇を嚙《か》んで涙をこらえた。

「わかり、ました……。すぐに調度品を見繕《みつくろ》ってきます！」

挑むようにクリストをにらみつけ、カリオペは一礼してから部屋を出て行く。その背中を見送ったクリストは、ひとつ息を吐いてからアティナへと向き直った。

「八日、耐えてください」

わずかにうつむき、眼鏡のブリッジを持ち上げながらクリストは言う。

「薬草の在庫が店にどれだけあるのかわかりません。使者にはとりあえずあるだけを持ち帰らせ、残りは後日商人に納品させます。ですから、八日耐えてください」

行商人の店まで、馬での往復に六日。馬を休ませたり商品を集めるのに二日はかかる。

「大丈夫よ。四年前と比べればずいぶん体力がついたんだから。八日くらい、持ちこたえてみせるわ」

アティナは笑う。それぐらい簡単だと、どうってことないと伝わるように。

しかし、クリストの表情は晴れないまま、静かに一礼して部屋を辞《じ》していった。

部屋に残ったのは、アティナとルイスのふたりきり。どうしてだか、ルイスの顔を見られなくて、膝の上でもじもじさせる手をながめていると、その手に骨張った青白い手が重なり、ぎゅっと握りしめられた。

アティナが勢いよく顔を上げると、ルイスは思い詰めた表情で見つめていた。

「……俺、本当は……肥料、作りたくない」

誰よりも優しいルイスがそんなことを言い出すとは思いもよらなかった。もしかしたら、優しいからこそアティナの命を危険にさらすこの決断に、胸を痛めているのかもしれない――そう思い至って、アティナは首を横に振った。

「先生、ごめんな――」

「謝らないで」

謝罪の言葉を遮《さえぎ》り、ルイスは握りしめたアティナの手を持ちあげて頰《ほお》へと寄せる。

「わかってる。アティナは王女様、だから。自分の責任、果たしてる。それはとても、大切なこと。ちゃんと、理解してる。でも……」

ルイスは手の力を強めて、ぐっとまぶたを閉じる。

「……大丈夫。アティナのこと、絶対、守るから」

アティナへ語りかけているはずなのに、まるで、ルイス自身に言い聞かせているようだった。

目を開けたルイスは、アティナをまっすぐに見つめる。

「俺を、信じて」

「はい。いつだって、信じてます」

迷うことなく、アティナはうなずく。ついさっきクリストに見せたものより、ずっと自然な笑みを浮かべて。


翌日、三人の騎士がフィニカの町から出て行った。そのうちふたりは薬の材料を買い付けに。残るひとりはクリストの父親へ宛《あ》てた書状を届けるために。

旅立つ三人を見送ったアティナは、今朝から薬を飲んでいない。

アティナが飲む薬は、毎朝ルイスが調合し、煎《せん》じている。粉薬と違い保管がきかないため、一日分ずつ作るようにしていたわけだが、材料となる薬草をすべて肥料作りにまわしたいま、もう薬は手元に残っていない。

背後に控えるカリオペが心配そうに見つめてくる。振り返ったアティナは、安心させようとほほえんだ。

大丈夫。まだ、変化はない。

ルイスは昨日の晩から一軒家の研究室に引きこもったまま出てこない。肥料は明日の朝にはできあがる、そう言っていた。

追加課税のことは昨日のうちに町に知れ渡っていたらしく、みんな朝から食糧をもってきてくれている。

クリストはルイスから何日で作物が育つのかを訊き、それまでなんとか集まった食糧で食いつなごうと、料理長と入念な打ち合わせをしていた。

騎士たちも大半を狩りに出し、少しでも多くの食糧を確保すべく努力していた。

二日目。宣言通りできあがった肥料を使い、城の畑に野菜を植えた。

ただ、作った肥料に対して畑が広大なため、毎日少量ずつ与えることで、即時とはいかないものの、四日ほどで収穫できるようになるという。

食糧が尽きるまで、あと六日。なんとか間に合いそうだと、アティナはほっと胸をなでおろした。

三日目。アティナの身体《からだ》に、わずかな変化が起こった。

食欲がなくなってきたのだ。

倹約のためパンは半分の量になり、芋《いも》のスープもずいぶんと水っぽくさらさらしているというのに、胃が重だるくて食べる気にならない。

けれど、ここで残せばみんなをひどく心配させるだろう。アティナは無理矢理口に放り込んだ。


四日目。昨日、無理をして食べたのがいけなかったのだろうか。慢性的な吐き気に襲われ、スープしか喉を通らなくなった。

起きているのもつらくてベッドへ横になったというのに、世界がぐらぐら揺れ動いて感じる。

四年前、医者がさじを投げたアティナの主な病状は、慢性的な貧血《ひんけつ》と食欲不振、断続的な発熱だった。

貧血を治すためには食べなければならない。だが、アティナの胃腸はわずかな食事しか受け入れず、さらに、繰り返す発熱のせいで体力がどんどん削《けず》られる。弱っていく一方だった。

世界が揺らぐのは、貧血を起こしているから。懐かしい感覚を冷静に受け止めながら、アティナはおとなしく眠り少しでも体力を温存することにした。

五日目。朝からルイスが貧血に効く薬をもってきてくれた。おかげで、アティナはベッドから脱出できた。

相変わらず、胃の中に異物があるような気がして食欲はないけれど、アティナの体調を考慮《こうりょ》してスープしか出されなかったため、なんとか残さず食べきった。

ただ、めまいがなくなると、今度は関節ににぶい痛みを覚えた。

熱が出るかもしれない。そう思いながらも、アティナは畑へと向かった。

二日前、アティナが最後に見た畑は、耕《たがや》し直した土に種を植えた状態だった。当然のことながら芽すら顔を出しておらず、湿った柔《やわ》らかな土しか見えなかった。

ルイスを信じると決めているし、実際に急成長する甘藷《かんしょ》も見ているけれど、やっぱり不安がぬぐえない。

本来なら、収穫までに早くとも一ヶ月はかかるはずだ。

本当に、明日、収穫できるのだろうか――。

カリオペの手を借りて、やっとの体《てい》で裏庭までたどり着く。

不安で押しつぶされそうだったアティナは、その光景に、息を止めた。

つい先日、使用人総出で収穫し、掘り起こされた土しか残っていなかった畑が、一面、緑で埋め尽くされていた。

土を押しのけて力強く成長する野菜たちは、どれも鮮やかで深い色をしていて、ちらほらと花を咲かせているものもあった。

「すごい……ちゃんと、育ってる」

「もちろんです。王女様の、命をかけた願いなのですから」

アティナの腕を支えるカリオペが答える。その声はいつもと同じだけれど、腕をつかむ手に力が入ったから、アティナはその手に自分の手を重ね、ぎゅっと握った。

そのままふたりで広い畑を見渡していると、濃紺《のうこん》の小山がもぞもぞと動いているのを見つけた。

「先生っ」

声をかけると、濃紺の小山――座り込んでいたルイスがこちらへと振り返る。アティナに気づくなり、小走りで駆け寄ってきた。

「アティナ！　部屋、休んでいた方が、いい」

いまにも抱き上げて移動しようとするルイスを、アティナは笑顔で制する。

「大丈夫です。先生の薬が効いて、貧血は落ち着いているから」

「でも……」

「その霧吹き、肥料ですよね。もしかして、先生がひとりで肥料を管理しているんですか？」

ルイスの手には、霧吹きが握られている。彼は自分の手に視線を移し、うなずいた。

「与える量、調整、難しいから」

城の畑は広い。横幅だけなら、城と同じ広さを備えている。そんな畑の野菜たちひとつひとつに、ルイスは毎日肥料《ひりょう》を与えてまわっているのだ。考えただけで気が遠くなる。

でも、そのおかげで、いまアティナは生き生きと茂る野菜たちを見ることができた。

「……先生、ありがとうございます」

「たいしたこと、していない。俺は、肥料を、与えるだけ。他にもたくさん、するべきことある。それは、みんなが頑張った」

ルイスの言うとおりだ。野菜はただ植えれば育つわけではない。余分な苗《なえ》を間引いたり、元気のない葉っぱをおとしたり、茎《くき》をひっくりかえして必要ない根を切ったり。数え出したらきりがないほど、仕事がある。

それらの作業は、使用人やフィニカの町へ逃れてきた人たちが行っている。彼らは皆、真剣な表情で、でも確かな希望をもって作業しているのが伝わって、アティナは胸が熱くなる。

「よかった……本当に、よかっ……」

安心して肩の力を抜いたとたん、世界が、傾《かし》いだ。

「アティナ！」

なぜだろう。ルイスの声が、ひどく遠くに聞こえた。

アティナは生まれつき身体が弱かった。食が細く、貧血気味。少しでも食べ過ぎれば胃腸を壊し、運動をすれば翌日はベッドから出られなくなる。

手の施《ほどこ》しようのない虚弱体質は、母親から受け継いだものだ。

アティナほどではなくとも、母もあまり丈夫とはいえず、紆余《う よ》曲折《きょくせつ》を経て父と結ばれたものの、娘を産んだあと静かに息を引き取った。

後妻を望む周囲の声を無視し、父は残された娘を溺愛《できあい》した。けれど、成長してもアティナは病弱なまま。自然が豊かで空気がきれいなフィニカの町で療養してみても、状況は好転しなかった。

熱を出す間隔《かんかく》が次第に狭まり、ほとんどベッドから出られなくなって、とうとう医者にもさじを投げられる。

誰もがアティナの未来をあきらめ、新たな跡継ぎのため国王に後妻をと臣下たちが望む中、父は娘の命を決してあきらめなかった。ルルディ国の医者がダメなら、もっと医療が進んだ国を頼ればいい。

父が頼ったのは、アレサンドリ神国だった。

アレサンドリ神国は、国をひとつ挟んだ近隣国で、魔術師と呼ばれる優秀な薬師《くすし》がいる。

彼らが作った薬はどれも素晴らしく、また、アレサンドリ神国が薬を惜しみなく他国へ提供していることもあり、救われた命は数知れない。

しかし、いくらアレサンドリ神国が慈悲《じひ》深いとはいえ、国の宝ともいえる魔術師を、ルルディ国のようにろくな見返りも渡せない小国へ遣わしてくれるだろうか。そんな周囲の予想を裏切り、アレサンドリ神国は父の懇願《こんがん》に応えた。

そうしてフィニカの町へやってきた魔術師こそが、ルイスである。

「はじめまして。ルイス・ルビーニです」

挨拶《あいさつ》をするルイスをベッドの中から見たアティナは、きれい、と思った。

まるでおとぎ話の魔法使いのような濃紺のローブと、癖《くせ》ひとつなくまっすぐ伸びる長い黒髪の間からのぞく、青白い肌。頬はこけ、目の下には濃いくまが浮き出ている。顔つきは地味だが、漆黒《しっこく》の瞳は静かにこちらを見つめている。

そのまなざしが、アティナには好ましく思えた。

アティナの周りにいる人々は、日に日に弱るアティナを哀れむかさげすむか、どちらかの視線をよこした。同情にせよ失望にせよ、その視線にさらされるたび、自分がいかに役立たずかを実感し、悲しくなる。

しかし、ルイスだけは、真摯《しんし》にアティナを見つめてくれた。それがたとえ、薬師として患者の病状を知ろうと観察していただけだとしても、うれしかったのだ。

ルイスはアティナの病状を把握《はあく》すると、すぐさま薬を作り始めた。毎日毎日、新しい薬を作ってはアティナに飲ませ、体調の変化を観察し、記録する。

顔を合わせ、話をするうち、アティナはルイスが仕事に真面目《まじめ》なだけでなく、優しく親しみのもてる人間なんだと気づいた。

町民の生活がほとんど自給自足で成り立っていると聞いて、頼んでもいないのに肥料を作ってくれた。

山へ狩りに行った騎士がケガをしたと聞けば、すぐに傷薬を持ってきてくれた。

この世に存在する植物はすべて薬草だ、と言って、庭の雑草を熱心に摘《つ》みはじめたかと思えば、陽にあたりすぎて貧血を起こし、倒れてしまったこともある。

暗い場所が好きなようで、研究に行き詰まると地下倉庫といった暗い場所にひきこもる。

とぎれとぎれな独特の話し方は、常に頭の中で調合について考えているから。

口数が少なく、表情もあまり変化しないけれど、注意深く見れば眠そうに緩《ゆる》んだ瞼《まぶた》の向こう、漆黒の瞳からだいたいの感情は読み取れた。

ルイスのことを知るたび、アティナは嬉しくてたまらなくて。いつしか目が離せなくなった。

そんな日々を一年ほど過ごしたころ、試行錯誤《しこうさくご》の末、ついに有効な薬ができあがった。

あと一年もつだろうか、と言われていたアティナが、ルイスの薬のおかげで起き上がれるようになった。この調子でいけば、ベッドから出る日も近いかもしれない。

そう、希望を抱いたときだった。

父が、急死した。

フィニカの町までアティナを見舞いに来た、その帰りに馬車が事故を起こしたという。

悲しむ暇もなく、アティナの周りをたくさんの変化が襲った。

叔父《おじ》に王位がうつるなり、フィニカの町に滞在してアティナの世話を担《にな》っていた貴族たちが、一斉に王都へ帰ってしまったのだ。

唯一の肉親をなくし、さらに信頼していた大人たちから置き去りにされ、アティナは深く傷つき、ふさぎ込んだ。

窓という窓にカーテンを張り、灯りもともさない薄暗い部屋のベッドで、ひとり泣き濡《ぬ》れた。

そんなアティナのもとへ、ルイスは変わらず薬をもってきた。

煎《せん》じ薬が入った器《うつわ》を眺めながら、アティナは思った。今更自分が健康になって、喜ぶ人はいるのだろうか、と。

叔父が王位を継いだいま、アティナは邪魔でしかないだろう。この町へ来てから、短くはない時間を一緒に過ごした人々は、ほとんどいなくなってしまっている。

「アティナ、薬、ちゃんと飲んで」

迷うアティナへ、ルイスが声をかけた。顔を向ければ、彼はひたと見つめていた。

「俺、アティナの父様と、約束した。アティナをちゃんと、元気にするって。だから、薬、飲んで」

「先生……」

たとえ父が死んでも、ルイスは約束を果たそうとしていた。父という存在を、彼は忘れていないのだと知って、アティナの視界がにじんだ。

「先生、は……ずっと、一緒に、いてくれますか？」

「いるよ。そばに、いる。だって俺、アティナの薬師だもの」

情けない問いにすぐさま答えてくれたのは、その言葉に嘘などないから。ルイスの中で、アティナのそばにいることは、当然だから。

ひとりじゃない。自分のことを、想ってくれる人がいる。そう実感して、アティナは泣き出した。

大粒の涙を流して、引きつる喉《のど》に四苦八苦しながら薬を飲み干す。空《から》っぽになった器を返せば、ルイスは笑ってアティナの頭をなでた。

優しさがにじむ柔らかな笑顔を見て、アティナは初めて思った。

私は、この人が好きなんだ、と。

アティナは目を開ける。視界を埋め尽くすのはワインレッド。ベッドの天蓋《てんがい》だとすぐに気づき、視線を横へずらしていけば、濃紺が目に飛び込んできた。

「アティナ、よかった、気がついた」

声に誘われるまま視線をあげれば、あの日と同じ、柔らかな笑顔のルイスがいた。

「せ、んせい……結婚、して……」

思わず飛び出た告白は、ひどくかすれた声だった。まさに満身創痍《まんしんそうい》なプロポーズは、「しゃべる元気、ある。よかった」と受け流されてしまう。

まただめだったか、と密かに落ち込むアティナの額に、ルイスの手がのせられる。

「……うん。熱、下がった。もう大丈夫だよ」

いったいなにを言っているのだろうと考えて、最後の記憶を思い出す。そういえば、食糧危機を乗り越えられそうだと安心したとたん、意識を失ってしまったのだ。

そして気づく。倒れたときよりずっと、身体《からだ》が軽いという事実に。

アティナの表情を見て察したのか、ルイスがうなずいた。

「アティナの薬、調合、できたから、飲ませた」

「薬？　そんな、材料は？」

薬の材料は、すべて肥料にまわしたはずだ。それとも、何日間も意識を失っていたのだろうか。

「材料、調達、してきた」

「調達って、もう、山を降りた騎士が帰ってきたの？」

「違う、まだだよ。薬草、山へ探しに行った」

「探しに…………え、山へ？　山へ入ったんですか!?」

驚きのあまり身を起こしたアティナの背をすかさず支え、ルイスはうなずく。

「食糧を狩りに行った、騎士。あれ、実は薬草探し」

「な、ななな、なんて、危険な……このあたりの山は、緑が深すぎて迷いやすいんですよ！　どうしてそんな危ないことをするんですか！」

「そんなの、決まってる。アティナを助けたかったから」

思いもよらぬ答えに、アティナは息をのむ。

アティナを助けたい――ルイスがそう思ってくれていることは知っている。だって、ルイスは父と約束しているから。必ずアティナを成人させると。

でも、山へ入っていったのは騎士たちだ。ルイスじゃない。

町を囲む山は濃い緑に覆《おお》われており、昼間であっても薄暗い。木々がひしめくように生えているせいか、奥へ入り込むと方向感覚がわからなくなるそうだ。

どれほど経験豊富な猟師《りょうし》であろうと、山奥に足を踏み入れれば帰れなくなるといわれ、町と外界をつなぐ小道の周辺だけが、人の領域だった。

そんな危険な山中へ騎士たちは踏み入り、あるかもわからない薬草を探したというのか。

「どうして……そこまで、してくれたの？」

私は、忘れられた王女なのに。

「アティナ」

アティナの心の嘆《なげ》きをたしなめるように、ルイスは声をかけ、頭を振る。そして、いつも眠そうな漆黒の瞳が、ひたと見つめてくる。

「アティナが、町のみんな、守りたいように、町のみんなだって、アティナ、守りたいんだよ」

「私を……守り、たい？」

つぶやきながら、ゆるゆると首を左右に振る。

「そんな、だって……どうして？　どうしてそんな風に思ってくれるの？」

「アティナ……」

「私はっ……私は、みんなが思っているようなきれいな人間じゃない。難民を受け入れたのは罪悪感からだし、そのせいで、町のみんなにひもじい思いをさせた、最低な領主よ！」

「その最低な領主が、我々は大切なんですよ」

静かに告げたのは、ルイスの後ろに控えていたクリストだった。彼の隣に立つカリオペも、

「そうです！」と力強く答える。

「私は、私たちはみんな、王女様が大好きなんですよ」

今更ふたりの存在に気づいたアティナは、彼らのさらに背後、僅《わず》かに開いた寝室の扉の隙間《すきま》から、見知った顔がいくつものぞいていることにも気づいた。最近保護した難民の顔もある。

みんながみんな、真剣な、でも少しほっとしたような表情でアティナを見つめているから
――本当に、心配してくれたのだと思い知る。

「ね、アティナ。君は、ひとりじゃない。でしょう?」

得意げに笑うルイスの顔が、にじんでゆがむ。

「みんな……ありがとうっ。私も、みんな、大好きだから……」

止まっていた涙がまたあふれ出して、アティナのあまり丸くない頬《ほお》を大粒の雫《しずく》が伝う。

「心配かけて、ごめんなさいっ……」

「本当ですよ。王女様は病弱に元気でいていただかないと」

「そうです。王女様を磨《みが》き上げることが、私の生きがいなんですからね」

「王女様! 食欲が出てきたら、おいしい料理を作りますからね」

「肉だって食べ放題ですよ、王女様!」

優しい言葉にひたすらうなずいて、アティナは涙をぬぐい、ありったけの気持ちをこめて、告げる。

「みんな、ありがとう」

満面の、笑顔とともに。

第二章　聖王女の約束の日

山の木々が緑の葉だけでなく、白や黄色、ピンクなど色とりどりの花で着飾り、冷たさを和《やわ》らげた風が優しい香りを運んでくる。

あわや食糧危機かと思われた冬を乗り越えて、フィニカの町には春がやってきていた。これから夏にかけて、ルルディ国はまさに花の楽園となる。

「あぁ……なんて暖かい日差しなのかしら。ぽかぽかして、このままうたた寝してしまいそう」

前庭のテラスにて、お茶をいただいていたアティナは独《ひ》り言《りよう》を漏《も》らして目を閉じる。

フィニカの町をおそった食糧危機問題は、ルイスの肥料のおかげで無事回避した。

さらに、バリシアの街へ向かっていた騎士が仕入れた薬の材料を使い、肥料をもう一度作って野菜を生産し、街の商人に売り払ってまとまったお金を手に入れた。そのお金で、手放していた調度品《ちょうどひん》やドレスをなんとか取り戻せたのである。

無駄のない資源運用は、もちろん、優秀な財政管理官クリストの手腕によるものである。

ただ、魔法のようなルイスの肥料にも弱点がある。

この肥料は植物の成長を強く促すが、成長に必要な養分を補給する効果はない。つまり、土がもともと持っている養分を、一気に吸い上げて急成長するのだ。この肥料を連続利用すると、土が痩《や》せ、作物が育たない不毛《ふもう》の土と化すそうだ。

ただ、副作用の問題がなくとも、毎年冬の間は畑を休ませることになっていた。売りさばく分の野菜を収穫してからは、養分となる肥料を混ぜ込み、春に向けて土を肥《こ》えさせている。あと数日で種をまくことだろう。

大変だった冬が、本当に終わりを告げたのだ。揺り椅子《いす》の背もたれを倒して横になったアティナは、喜びをかみしめながら春の日差しを全身で味わう。

「うっかり天に召されたのではと勘違いしそうなので、こんなところで眠らないでくれますか」

うららかな時間をぶちこわす、とげとげしい声が降りかかる。薄目を開ければ、口をへの字に曲げたデメトリが立っていた。

「不吉なことを言わないで、デメトリ。うっかりで死んでたまるもんですか」

「言い返す元気があるうちは心配ありませんね」

せっかくゆったりした気持ちだったのに、デメトリのせいで台無しになってしまった。もうまどろむ気になれず、アティナは背もたれを起こして椅子に座りなおした。

「それで？　あなたはいったいなにをしにフィニカへやってきたの？　アルセニオスに手紙は送っていないけど」

「国王の使者がやってきたと聞きました」

「来たわねぇ。ずいぶん前だけれど」

今更だという気持ちをこめて答えると、彼は表情をわずかにゆがめた。

「どうしてアルセニオス様に手紙を送らなかったのですか。そうすれば、こちらもなにかしら手助けができたかもしれないのに」

なるほど、アルセニオスを頼るという手もあったのか、といまになって気づいた。

しかし、ただのいち騎士である彼になにができるというのだろう。国全体に広がる不作のせいで、どの領地も難民を受け入れられないというのに。

「必要がなかったからよ。収穫した野菜は持って行かれたけれど、備蓄食糧にまだ余裕があったし、騎士たちが獲物をこれでもかというほど狩ってきたのよ」

ルイスの肥料については伏せたが、すべてが嘘というわけではない。

薬の材料となる薬草を探すため、騎士たちは腰紐をつけて何度も山へ分けいった。その都度《つど》樹に目印をつけたおかげで徐々に山は開拓され、いまではある程度の深さであれば立ち入れるようになっている。

それだけでなく、連絡を受けたクリストの父は、わずかだが食糧を分けてくれた。彼の領地も苦しい状況だろうに、手を差し伸べてくれたクリストの父には頭が上がらない。もう少し暖かくなったら木の実が取れるようになる。保存食として乾燥させてから、騎士に持って行かせよう。

デメトリは怪訝《けげん》そうにアティナを見つめていたが、あきらめたのか、最初から詳しく聞き出すつもりがなかったのか、「まぁいいでしょう」と納得した。

「どうせ気づいているでしょうが……今回の追加課税は、落ち込んだ税収の確保とあなたへの嫌がらせを兼ねて、国王派の貴族たちが行いました。あなたが国民になんと呼ばれているか知っていますか？」

「忘れられた王女でしょう」

アティナが即答すると、ルイスはこれ見よがしに嘆息《たんそく》した。

「希望の聖王女――そう呼ばれています。現状に絶望する国民にとって、難民を無条件で受け入れるあなたは、まさに最後の望みなのでしょうね」

「私は、別に……ただ、彼らを見捨てられないだけよ」

「それがすごいことなんですよ。特にこの冬は、先の不作のせいでどこもかしこも難民を受け入れようとはしなかった」

ルイスのおかげで食糧危機から救われただけで、別にアティナに余裕があるわけではないのだが……本当のことを話すわけにもいかないので、アティナは口をつぐんだ。

ちなみに、ルイスの肥料が他へ知れ渡ればいかに大変なことになるのか、受け入れた難民も含めた、城の畑に関係した者すべてに懇切丁寧《こんせつていねい》に説明して口止めしたため、町の中でもほとんど広がっていない。

優秀なアルセニオスの副官であるデメトリがなにも情報をつかめていないあたり、領民たちの結束力がうかがえる。

「あなたが民衆の支持を集めることは、国王一派にとって、非常に面白くないことなんですよ。だから、不作で減ってしまった税収の回収先をフィニカに決めたのです。食糧を失ったあなたが難民を放逐《ほうちく》すれば、民衆からの支持も下がる。まさに一石二鳥を狙ったんですよ」

「愚《おろ》かですよねぇ」と、デメトリは暗く笑う。

「中央権力に対してろくな影響力もない王女など、辺境の領地を与えておけば脅威にならないとなめてかかっていたんでしょう」

「それで？　もしかしてあなたも、難民を放逐しろ、とか言いだすんじゃないでしょうね」

「そんな非人道的なことを言うわけがないでしょう。ここはあなたの領地なのです。領主であるあなたが判断すればいい」

嫌みのひとつでも飛び出るかと思ったが、あっさりとデメトリは引き下がる。

「これからも、あなたの好きなように行動してください。今後は余計なことを国王一派が行わないよう、私どもの方でも目を光らせておきますので。……まぁ、それも長くは続かないでしょうけれど」

続かないとは、どういう意味だろう。もしや近々アルセニオスが騎士団長に抜擢《ばってき》されるのだろうか。そこまで上り詰めることができれば、いまよりもずっと政治に介入できるだろう。

しかし、デメトリは詳しい説明をするつもりはないようで、「そういえば……」と別の話を切り出した。

「その後、ルイス様とはなにか進展がありましたか？」

唐突《とうとつ》で思い切った話題転換に、アティナは肘置きに載せていた腕を滑らせてつんのめった。なんとか前へと転がることは阻止《そし》し、なに食わぬ顔で椅子に座り直す。

「あぁ、その様子だとなんの変化もないんですね」

「うるさいなぁ、放っておいてよ！」

デメトリの無遠慮《ぶえんりょ》な物言いを前に、すまし顔は無駄となった。

ルイスに関しては、とてもデリケートな問題なのだ。なぜなら――

「もうすぐ、あなたの十七歳の誕生日がやってきます。その日を迎えれば、ルイス様は祖国へ帰られるのでしょう？」

どこまでもわかっているデメトリに、嫌気がさして顔をそらす。

彼の言うとおり、あとひと月ほどでアティナは十七歳の誕生日――成人を迎える。

つまり、アティナを成人させるという、ルイスの役目が完了するということだ。

毎日薬を飲まなければ、すぐに体調を崩すものの、薬の作り方は確立しているため、必ずしもルイスが作る必要はない。

薬ができあがってから四年、ルイスはただただアティナの父との約束を果たすためだけにこの地に留まっていた。

それも、もう、終わる。

「そんな表情をするくらいなら、さっさと捕まえればいいんです。あなたは顔だけはいいんですから。顔だけは」

デメトリに心配されるなんて、いったい自分はどんな表情をしているのだろう。気になったが、いまはそれよりも、

「顔だけってなによ、顔だけって」

中身が残念だと言いたいのだろうか。なんて失礼な男だろう。

「私は客観的事実を申し上げただけです。それよりも、早く捕まえてください。ルイス様のような才知あふれる方には、ぜひ末永くこの国に留まってほしいですから」

アティナの幸せを祈っているわけではなく、純粋に国の利益のみを追求するデメトリに、アティナは落胆《らくたん》すると同時に毒気を抜かれた。

「……自分で言うのもちょっと悲しいんだけど、無理だと思うわ。だって……」

気が緩《ゆる》んだのか、ぽろっとこぼれてしまった本音に、デメトリは「だって、なんですか？」と食いつく。

眉間《みけん》によったしわの深さを見るに、ごまかすのは無理だな、と悟ったアティナは、白状した。

「先生ね、アレサンドリ神国に、好きな人がいるのよ」

そう告げた瞬間の、唖然《あぜん》とするデメトリのまぬけ顔は、とても見物だった。


ルイスがアティナの前に現れてから、二年ほど経った頃。ルイスの兄コンラード・ルビーニがフィニカの町へやってきた。

アレサンドリ神国から魔術師を派遣してもらう際、交換条件として、先方が定期的に派遣する使者に、ルルディ国内を自由に歩き回って薬草を集める許可を与えていた。

今回、コンラードは薬草を集める使者としてルルディ国へやってきたのだ。傍《かたわ》らに、妻であるアメリアをつれて。

「信じられない。コンラード、バカなの？　考えなしなの？　薬、作ろうか。筋肉バカを、治す薬」

兄弟の久しぶりの対面だというのに、ルイスの態度は極寒の地に吹きすさぶ吹雪《ふぶき》のようだった。しかし、アティナは無理もないと納得していた。

なぜなら、コンラードの妻、アメリアは、身重《みおも》の身体《からだ》だったから。

さすがにまだ臨月《りんげつ》ではないだろうが、ローブの上からでも妊婦《にんぷ》だとわかる程度には膨《ふく》らんだ腹を抱える妻を、どうしてこんな遠くまで連れてこようと思うのか。アティナにはとうてい理解できない。

ルイスやアティナだけでなく、この場に居合わせた者全員が白い目で見る中、コンラードは「大丈夫だって」と白い歯を見せて笑う。

「休み休み馬車に乗ってきたし、山道は俺が抱えてきたから。アメリアに無理はさせていないぜ」

「そういう問題じゃ、ない！　妊婦に旅、させる、ダメ！」

ルイスのまっとうな意見に、コンラードとアメリア以外の全員が「そうそう」とうなずく。

コンラードは見るからに屈強そうな男で、ルイスと比べ、肩幅は一・五倍ほど広く、胸板にいたっては二倍ほど分厚い。

魔術師の目印であるローブを被《かぶ》らず、動きやすそうな旅装をまとっているため、筋骨隆々とした身体つきをしていることがよくわかった。

ひょろひょろと背ばかりが高く、めぼしい筋肉が見当たらない、これぞ魔術師といった風貌《ふうぼう》のルイスとは大違いだ。

黒目黒髪で地味な顔つきのルイスと、金髪碧眼《へきがん》で怜悧《れいり》な美貌《びぼう》をもつコンラード。兄弟であるはずなのに、ふたりはどこまでも正反対だった。

ルイスの気迫におされたのか、コンラードは顔をしかめてがりがりと頭をかいた。

「まぁ、なんだ。俺としてもいろいろと思うところがあってだな。どうしてもアメリアを連れてきたかったんだよ」

コンラードがアメリアへと視線を移したので、その場にいた全員が彼女へと注目する。

薄紫のローブをまとい、胸に白猫を抱くアメリアは、困ったように眉《まゆ》を下げて笑った。

「ごめんなさい、ルイス様。ルビーニ家のみんな、その……私に、ルイス様と話す機会を与えようとしてくれたの」

「…………いい。アメリア、謝らないで。アメリアは、悪くないよ」

コンラードに対する剣幕とは打って変わり、穏やかな声でルイスは答え、アメリアの頭をなでる。

安堵《あんど》したようにほほえむアメリアと、それをまぶしげに見つめるルイス。

ふたりの様子を見て、アティナはいやでも気づいた。

ルイスは、アメリアを愛している。

コンラードはフィニカの町を拠点にして、町を囲う山で薬草を採取し始めた。

人の手がまったく入っていない山に分け入るのは命を捨てるようなものだと何度も説得したが、コンラードは聞く耳を持たなかった。山の危険性を知るはずのルイスも「心配ない」の一言だし、妻のアメリアに至っては申し訳なさそうに笑うだけだった。

アレサンドリ神国から来た大切な使者を死なせてしまうかもしれない。アティナを含めた城の者たちは恐れおののいていたが、信じがたいことに、コンラードは無傷で帰ってきた。その手に数々の薬草を抱えて。

花の楽園と呼ばれるだけあって、アレサンドリでは手に入らない珍しい薬草も見つかったらしく、ルイスが大変喜んだ。アメリアも、コンラードをしかるどころかたいそう褒《ほ》めていた。

結局、アレサンドリ神国へ持って帰って栽培《さいばい》しようという話になったらしく、コンラードはそれから毎日山へ入っていった。山の開拓を夢見た騎士たちがついて行ったこともあるが、コンラードの身体能力は常人の域を超えているらしく、早々に置いてきぼりを食らったそうだ。しかも信じがたいことに、コンラードは目印もなく感覚だけでずんずん進んでいってしまうため、なんの参考にもならず、騎士たちの努力は完全なる徒労《とろう》に終わってしまった。

コンラードは朝早くに山へ分け入って、夕方には城へ帰ってくるという生活を送り、アメリアは夫の帰りを静かに待っていた。

身重であるが、病気ではないため、適度に身体を動かしたほうがいいらしく、城内や城の庭、町の中など、いろんなところを自由に歩き回っていた。

そんな彼女のそばには、いつもルイスの姿があった。

アメリアがフィニカの町へ来たからといって、ルイスの仕事に対する態度は変わらなかった。毎日薬を調合して部屋までもってきてくれるし、当時はまだ部屋にこもりがちだったアティナの話し相手にもなってくれた。

アティナに対するルイスの関心は、変わらない。

ただ、アティナに使っていた以外の時間——たとえば新薬の研究時間などを、すべてアメリアにつぎ込んでいた。

愛するアメリアに対し、ルイスはとても献身的だった。

健康のために歩く彼女に付き従い、町へ行きたいと言えば案内する。一休みしようと庭の東屋《あずまや》の椅子《いす》にアメリアが腰掛ければルイス自らお茶を淹《い》れ、詳しい体調を訊いてはその都度《つど》最適な薬を調合し、渡していた。

ルイスの奉仕を、アメリアは当然のことのように受け取ったりはしなかった。

ルイスが過保護な態度をとるたび、彼女は困ったように笑う。それでも口を挟まないのは、彼女なりの優しさなのだろう。

けれど、ルイスがどれだけ尽くそうとも、アメリアの心が彼へと向くことはない。

山から帰ってきたコンラードは、必ずアメリアを抱きあげてただいまと告げる。そのときの、アメリアの安心しきった幸せそうな笑顔。

あんな表情をさせる相手に、誰も勝つことはできないだろうと、アティナでもわかった。

そんなとろけるように甘いふたりを前に、ルイスはけれど、笑うのだ。

達成感と、少しの苦みをのぞかせて。

それを見るたび、アティナは涙をこぼした。

一週間ほど滞在して、コンラードたちは帰ることになった。

滞在最後の一日、ルイスとコンラードはこれまでの研究結果を話し合うため研究室にこもり、ひとり残されたアメリアを、アティナは自分の部屋へ招いた。

アメリアとは、この一週間の間に何度も交流をもっている。筋肉バカなコンラードや研究バカなルイスに挟まれながら常識を説《と》く、普通の女性だった。

「ルイス様は、ここでうまくやっているでしょうか」

ベッド脇の椅子に腰掛けるアメリアを見つめながら、アティナは思う。彼女のなにが、ルイスを惹《ひ》きつけるのだろうと。

「研究に熱中するあまり、よく寝食を忘れてしまうんです。そういうときは、無理矢理にでも外に出して散歩をさせてほしいんです」

ひと目を引く華やかな美人ではない。どちらかというと、野に咲く花に似た、見る人の心を和《なご》ませる雰囲気《ふんいき》を持っている。

「ときどき、突拍子《とっぴょうし》もない薬を作ったりするんですが……そういうときは、なるべく褒めていただけますか。その……どう考えても実用性のない薬でも、もしかしたら思いもつかない利用方法があるかもしれないし…………落ち込んでひきこもられると、非常に面倒なので」

アメリアは、アティナの知らないルイスについて語る。

たった二年しか一緒にいない自分と違い、彼女はきっと、いろんなルイスを知っているのだろう。それは、当然のこと。

アメリアはただ、ルイスを心配しているだけ。

そう、わかっているのに。

「……私は、先生がとても優しい人だと知っています」

突然、話を変えたアティナに、アメリアは首を傾《かし》げる。そのなに気ない仕草が、ルイスが優しいのはわかりきったことだ、といっているように感じて——

どうしようもなく、腹が立った。

「先生は、優しくて、優しくて、人になにかを与えることに戸惑いなんてないんです」

たとえ、自分の想いが相手に伝わらなくとも。同じだけの想いを返してもらえなくとも。

ルイスは与え続ける。

無償の愛を、目の前の女性に。

「どうしてあなたは……この町へ来たのですか?」

アメリアは、目を瞠《みは》る。

「先生は優しいから、大切なあなたに尽くし続ける。たとえ報われなくても、与え続けるんです。でも、傷つかないわけじゃない。つらくないわけじゃないんです!」

心に浮かぶのは、あの笑顔。

コンラードの腕の中で幸せそうなアメリアを見つめ、ほっとした、それでいて、どこか痛々しい、笑顔。

「どうしてあなたは、先生をそっとしておいてくれないんですか？　永遠の別れなんかじゃない。私が十七になれば、先生はあなたのもとへ帰るのに……どうして、待っていてくれないんですか？」

あんな表情をさせるアメリアが許せなくて、アティナは責める。

まったくの部外者なのに、詳しい事情も知らずに勝手なことを言っているというのに、けれどアメリアは、なにも反論しなかった。

ただ、黙って――哀しく、笑うだけだった。

それを見て、アティナは思い知る。

アメリアは、すべて知っているのだ。ルイスが自分へと抱く想いも、自分とコンラードのあり方が彼を少なからず傷つけていることも。

知っていて、彼女は気づかぬふりをして笑うのだ。

アティナはなにも言えなかった。自分の一方的な思いから投げつけた言葉で、アメリアを傷つけたとわかっていながら。

謝ることも、ベッドから動くこともできないまま、アメリアとコンラードは、アレサンドリ神国へと帰って行った。

ふたりを見送ることができなかったアティナは、その日の夜、城に用意したルイスの部屋を訪ねた。

この一週間でコンラードが集めた薬草を仕分けしていたらしいルイスは、アティナの突然の訪問に驚いたみたいだが、すぐにいつもの朗《ほが》らかな笑みを浮かべた。

「アティナ、体調、もういいの？　今日、見送り、来なかったから。心配した」

アティナが部屋から出てこないなんていつものことなのに、ルイスは当然のように心配してくれる。

その優しさが、アティナには、つらくて、つらくて。

涙が、こぼれた。

「せ、先生……ごめっ、ごめんなさい！　ふっ……うぅ、あああぁぁん」

声をあげて泣き出したアティナに、ルイスはびっくりしながらもすぐさま慰《なぐさ》めにかかった。

部屋の入り口で泣くアティナの手を引いて椅子に座らせると、目の前に膝をつき、震える背をさすってなだめる。

「アティナ、どうしたの。ちゃんと、話して。全部、聞くから」

優しく促されるまま、アティナはすべてを白状した。なにも知らないくせに、勝手に腹を立

てて　アメリアを責めてしまったことを。

「わたっ、私は……関係っ、ないのに。あんなこと、言っ……傷つけ、ちゃった。先生の、大切な人っ、なのに……ごめ、なさっ……」

喉《のど》をひきつけて、途切れ途切れに話す言葉を、ルイスは相づちを打ちながら聞き、そして、罪悪感に震える身体《からだ》を優しく抱きしめた。

「ありがとう、アティナ。俺のために、怒ってくれた。大丈夫。アメリア、ちゃんとわかってる」

「で、でも……あんな、顔っ……」

「うん。たぶん、傷つけたのは、本当。だから、いつか、謝りに行こう」

「謝り、に……行く？」

「そう。アティナ、元気になったら。俺と、一緒に。会いに行こう。アレサンドリまで」

身を離したルイスは、アティナの顔をのぞき込んで「ね？」と笑いかける。

彼の優しさがあふれる、柔《やわ》らかな笑顔を見て、アティナはおおきく何度もうなずきながら、大声で泣いた。

アティナが泣き止むまで、ルイスはずっと抱きしめてくれていた。彼の腕の中で、アティナは思った。

自分の精一杯の愛を、ルイスに渡そう。

ルイスは、ずっと与えてばかりだから。与えることが喜び、みたいな人だから。大好きだと。愛していると。大切だと。伝えよう。

同じ想いを返してもらえなくていい。これは、ただの自己満足でしかない。

与えてばかりだったルイスを、満たしてあげたい。

そう、決意して。

「先生……大好きです」

アティナの、愛を告げる日々が始まった。


デメトリが立ち去ったあと、アティナはカリオペを連れて町にあるルイスの研究室を訪ねた。

ここ最近、フィニカの町はそわそわと落ち着かない。領主であるアティナがまもなく成人を迎えるのだから、当然と言えば当然なのかもしれないけれど。

城では祝宴の準備をしているし、当日、町でもお祭りが開かれるらしい。誕生日を祝福しようと思うほどには、町の人たちに好かれているらしい。ちょっと——いやかなりうれしい。

ルイスの家は、町の隅にひっそりと存在する。アレサンドリ側から、静かで日当たりが悪くじめっとした雰囲気の家を要望されたからだ。

貴族たちがいなくなった現在ならまだしも、当時はまだ数が少なかった空《あ》き家《や》の中で条件を満たしたのは、長らく住む者がおらず、窓も扉もツタに覆《おお》われた廃屋《はいおく》だった。

さすがにこれはダメだろうとルルディ国の面々は頭を抱えたが、ルイスのお目付役《めつけやく》の騎士は「そうそう、こういうの求めてました」と軽くうなずき、部下とともに慣れた手つきで家を補修した。

騎士というのは、家の補修までできてしまうものなのだろうか、と疑問に思ったのは言うまでもない。

騎士たちの努力のおかげか、あれから五年が経とうとしているにもかかわらず、ルイスの家はこぢんまりと愛らしさをまとっている。扉と窓の部分だけ取り除いてあえて残したツタが、不思議と温かさを醸《かも》し出していた。

「先生、研究お疲れ様で……」

ルイスの家へ入ったアティナは、中の様子を見て言葉を失う。

いつぞや、忍び込んで料理を作った部屋の中が、一面、花で埋め尽くされていたのである。

火が消えたかまども、寝室へとつづく階段も、棚《たな》も、床も、ありとあらゆる場所に色とりどりの花がならんでいる。

唯一花に埋もれていないのは、アティナがダイニング代わりにした作業台だ。

そこには、花の代わりに実験器具がいくつも並び、ルイスが向き合っていた。

「アティナ。よく、来たね。いらっしゃい」

振り返ったルイスは、アティナを見るなりそう微笑《ほほえ》んだ。

「こんにちは、先生。えと……もしかして、研究のお邪魔でしょうか？」

「大丈夫。散らかってるけど、どうぞ」

花を踏みつぶさないよう、隙間《すきま》に足を置きながら中へと進む。

ルイスの隣までくると、彼の背中で隠れていたらしく、作業台にも花がおいてあった。

「それ、リンネですか？」

白く細い花びらが幾重にも重なった、丸く大ぶりな花は、ルルディ国の国花——リンネである。

アレサンドリ神国の国花である光花《こうか》は限られた場所にしか咲かない貴重な花だと聞いたことがある。けれど、ルルディ国の国花であるリンネは、この国で最も身近な花だった。

そもそも、リンネという名前は属名である。

一応、国花に指定されているリンネは、ルイスが持っているリンネと決まっており、それはこの時期にしか咲かない。けれど、種類によっては冬や夏、秋に咲くものもあり、一年中リンネを見ることができた。

色も様々で、白いものから黄色、青、橙《だいだい》、紫と、まるで七つの色が溶け合って並ぶ虹のようだ。

「リンネを、どうするんですか？」

「赤く、染めたくて」

リンネにない色はない、と言われるほどたくさんの色を咲かせる花だけれど、不思議なことに、赤だけは咲かない。

学者たちが品種改良に取り組んでいるが、濃い橙色や赤に近い紫が限界で、真っ赤なリンネはまだ生まれていなかった。

「リンネを、赤く？」とつぶやいて、アティナは眉《まゆ》をひそめた。

「赤、嫌いなの？」

アティナの表情の変化を見たルイスが、わずかに揺れる声で問いかける。

やる気をそいでしまい申し訳ないと思いつつ、素直にうなずいた。

「赤は……ちょっと、苦手なんです。その……血の色を、思い出して……」

ルイスがルルディ国へやってくる以前は、よく医者が検査のためにアティナの血を採取していた。痛いし、そのあとひどい貧血《ひんけつ》に見舞われるため、いつも憂鬱《ゆううつ》だった。

赤い色を見ると、あのときのつらさをどうしても思い出してしまう。だからアティナは、赤があまり好きではなかった。

話を聞いたルイスは、残念そうに「そう、なんだ」と答え、改めて作業台のリンネを見る。

「……でも、俺、どうしても、赤くしたい」

リンネを見つめる目が、わずかに細められる。

色気すら感じる熱いまなざしに、アティナはある考えに至る。

「もしかして、アメリアさん、赤がお好きなんですか？」

アティナが成人すれば、ルイスはアレサンドリ神国へ戻れる。もうすぐ会えるだろうアメリアのために、赤いリンネを作りたいのだろうか。そう思って問いかけてみると、ルイスはきょとんとしたあと、視線を彼方へ向けて考え込んだ。

「そうだね。好き、なんじゃないかな。コンラードから、赤いバラの花束、もらったとき、すごくうれしそうだった」

その様子を思い出したのか、ルイスは柔らかく微笑む。慈《いつく》しみに満ちたその笑みに、もう、痛みはのぞかない。

いつからだろう。アメリアの話をする時に、わずかに見えた痛みが、感じられなくなった。

そこにあるのは、愛情。

大切な家族に対する、親愛。

五年という歳月は、ルイスの心の傷を癒《い》やしたのだろうか。

ならばルイスは、なんの憂《うれ》いもなくアレサンドリ神国へ帰ることができる。

「先生」

そのときまで、あと一ヶ月。

「大好きです」

アレサンドリ神国へ、帰らないで。

「ありがとう。気持ちだけ、もらう」

いつもと変わらない答えを聞いて、アティナは「残念」と冗談めかして笑う。

胸の痛みを、必死にこらえながら。


アティナの誕生日まで、二週間を切った。

今日は朝から、祝宴で着るドレスを作るため、フィニカの町に一店舗《てんぽ》しかない仕立屋を呼び寄せていた。

まずは採寸から行いましょう、ということになり、アティナは仕立屋が手伝いとして連れてきた娘に、こと細かな採寸をしてもらっている。

「それでね、聞いてくださいよ。彼ったら、仕事が忙しいとかいって、全然会ってくれないんですよ」

娘の愚痴《ぐち》を、聞きながら。

どうやら、恋人がお祭りの準備に追われて忙しく、まともなデートができていないらしい。

これは、あれか？　おまえのせいでデートできねぇんだよ、という遠回しな苦情だろうか。

「これ、王女様が困っておられるでしょう。いくら王女様がお優しい方だからといって、お客様に愚痴を聞かせるなんて言語道断《ごんごどうだん》です」

カリオペと打ち合わせをしていた仕立屋が、娘の非礼に気づいてたしなめる。夢中に愚痴っていた娘ははっと我に返り、申し訳ありませんと謝った。

「いいのよ、気にしないで。それよりも、恋人としばらく会えていないと言っていたけれど、彼が浮気をしている……という心配はないの？」

娘の愚痴を聞いて浮かんだ可能性を指摘する。

少々デリケートな内容なので、娘の顔色をうかがいながら問いかけてみたが、彼女の反応はあっけらかんとしたものだった。

「ないない、絶対ないです。だってあいつ、私にぞっこんですもの」

確信を持って宣言してしまう娘に感心しながら、アティナは「よかった」とうなずく。

「だったら、それでいいじゃない。いまは寂しいけれど、いつかは必ず会えるのだから。私ね、いつも思うの。好きな人から好きという気持ちを返してもらえるのは、奇跡みたいなことなんだって」

ルイスはアメリアから好きという気持ちを返してもらえなかった。

そして、それはアティナも同じ。

「あなたと同じように、彼も寂しいと思ってくれているわよ。もしかしたら、我慢できずに会いに来てくれ……」

娘へと顔を向けたアティナは、言葉を詰まらせる。娘が、それはもう痛ましそうに凝視していたからだ。

どうしてこんな顔をされるのだろうと不思議に思っていると、カリオペがため息交じりに言った。

「王女様は、四年間ずっと、ルイス先生に想いを寄せていますものね」

「ごめんなさい……私、王女様の気持ちも知らないでのろけたりして」

「のろけだったの!? というか、どうしてそんな憐憫《れんびん》のこもった目で私を見るのよ、ふたりとも！」

「何度ふられてもあきらめない王女様を、私は尊敬しております」

「そうです！　私たちは王女様を応援しておりますから」

「いやいや、そんな悲観的な表情で応援とか、もうすでにあきらめてるよね!?」

「王女様、最後はそのお身体で…………あぁ、私としたことが無神経なことを申しましたな」

「おい店主！　あなたまで話題に入ってきたと思ったらなんてこと言っちゃうの!?　ていうか、その気遣いが逆に傷つくわ！」

常識人だと信じていた仕立屋に裏切られ、アティナは強い疲労感に襲われる。

立ちくらみは起こっていないが、なんだか身体が重くなったように感じたので、カリオペと仕立屋が打ち合わせに使っているソファに腰掛けた。ふんわりと全身を包み込んでくれる背もたれに全身を預ける。

「さて、と。お遊びはここまでにして、ドレスの色を決めましょうか。王女様、なにか希望はございますか？」

あっさりと態度を改めて仕立屋は仕事に戻る。さんざん人をからかっておきながら、変わり身の早い狸親父《たぬきおやじ》を、アティナは恨めしげに見つめた。

「私みたいな枯れた親父を見つめたところで、時間の無駄ですよ、王女様。それよりも、お望みの色はないのですか？　でしたら、私どもで勝手に決めてしまいますよ」

仕立屋は色見本となる布の束を鞄《かばん》から取り出し、何枚か候補を机に並べていく。どうやら、淡い色がアティナに似合うらしく、軽やかな色の布地が並んだ。

晴れの日にふさわしい、きらびやかな布たちをながめながら、ふと、アティナの頭に大好きな色が浮かぶ。

「…………あの、黒、で……お願い、できるかしら」

自分が主役の祝典だというのに、黒を選ぶなんておかしいとわかっている。わかっていながらも、どうしても黒が着たくて口に出せば、この場に居あわせた全員がアティナから視線を外して身を震わせた。

「え？　あ、あの、みんな？　そんなに震えてどうしたの？」

予想外な周囲の反応に、不安になったアティナが問いかければ、仕立屋はわざとらしく咳払《せきばら》いをして姿勢を正した。

「失礼いたしました。あまりにも、王女様が健気《けなげ》すぎてもだえていただけです」

「は？」

「いえいえ、こちらの話なのでお気になさらず。それよりも、ドレスですよ、ドレス。黒をご所望《しょもう》なんですね」

仕立屋は布の束から黒い布をいくつか取り出しはじめた。

「ルイス先生の色をまといたいという王女様の情熱には感服《かんぷく》しますが、黒は少々地味すぎませんか」

カリオペの懸念《けねん》を、仕立屋は笑顔で否定する。

「地味だからこそ、宝石や刺繍《ししゅう》などの差し色が映えるんですよ。地味派手、というやつです」

相談の結果、アティナの髪色と同じ薄紅《うすべに》色のサテン生地に、黒のレースを重ねたドレスに決まった。

「任せてください、王女様！　しっとり落ち着いているようで、さりげなく目を引くドレスを作りますからね。ルイス先生なんていちころですよ！」

デザインも決定すると、仕立屋は力強く拳《こぶし》を握って宣言し、いそいそと帰って行った。

ただ採寸してデザインを相談しただけだというのに、どっと疲れたアティナは、午後は部屋でおとなしく過ごしたのだった。

誕生日まで、とうとう一週間を切った。つい先日、仮縫《かりぬ》いドレスの確認に仕立屋が城へやってきた。二、三日もすればほとんど縫い上がったドレスをもって、最終調整にやってくるだろう。

誰かの髪や瞳の色をその身にまとう。

それは、私はあなたのものです、という告白。

当日、あのドレスを着たアティナを見て、ルイスはどう思うだろう。

少しは喜んでくれるだろうか。喜んでくれるといいな。もしかして意味に気づいてくれないかもしれない。それどころか、迷惑だと思われたらどうしよう。でも、いままでも数え切れないくらい告白してきて、彼は一度として迷惑そうな態度をとってきたことはない。だから、きっと大丈夫。

つらつらと考え事をしているうちに、アティナは目的の場所にたどり着く。

目に映るのは、ツタに覆《おお》われた小さな家。ルイスの家だ。

今朝、ルイスはアティナの前に現れなかった。

彼がルルディ国へ来てから、一日と欠かさずアティナのもとへ薬をもってきていたというのに、その役目を人に任せてしまったのだ。

理由はわかっている。どうしても完成させたい研究があるからと言って、家にひきこもったのだ。

自分が出てこれなくても周りに迷惑をかけないよう、薬の調合から煎《せん》じ方まできちんと伝授しているあたり、研究への熱中ぐあいがうかがい知れる。アティナの薬を調合する時間すら惜しく感じる研究とは、いったいなんなのだろう。

薬の調合方法の伝授は、ルイスがアレサンドリへ帰る以上、いつかはしなければならなかった。そうだとしても、なぜいまなのか。いや、約束の日が近いからこそいまなのかもしれないが……。

それでも、アティナの心はもやもやして、どうしてもルイスに会いたくなった。

「先生、アティナです。その、お邪魔しても大丈夫でしょうか？」

玄関扉をノックして声をかける。しかしなんの反応もない。もう一度声をかけてみたものの、やはり返事はなかった。

「どこかへ出かけているのかしら？」

背後で控えるカリオペにそう問いかけても、彼女は首をひねるだけだった。

このまま帰るべきか、それとももう少しここで待つか。少しの間悩んだアティナは、扉が開くか試してみることにした。

ドアノブを引っ張ると、きいと乾いた音を立てて扉が開く。一度不法侵入したとはいえ、なんとなく良心が痛んだアティナは、隙間《すきま》から顔をのぞかせて中の様子をうかがった。

部屋の中は、相変わらず花まみれだった。ただ、以前と違い、橙色や紫といった赤に近い色のリンネばかりが並んでいた。

ルイスの姿が見当たらず、アティナは部屋を見渡す。やっぱり出かけているのだろうか、と思ったそのとき、床に横たわるルイスを見つけた。

仰向《あおむ》けに倒れるルイスの周りを、リンネが取り囲んでいる。

花に埋もれるという表現がぴったりなルイスを見て、アティナは、四年前の突然の別れを思い出した。

「せ……先生っ！」

叫ぶようにルイスを呼んで、床に散らばるリンネを気にかける素振りもなく駆けより、そばに膝をつく。アティナの豹変《ひょうへん》ぶりにカリオペが驚いているが、彼女を気遣う余裕などなかった。

「先生、しっかりしてください！」

ルイスの肩をつかんで、おおきく揺さぶる。目の下に濃いクマがあるのも、不健康な青白い肌をしているのも普段からなので、体調が悪いのかどうか判断できない。

「……う、んん……アティナ？」

声を漏《も》らして、ルイスがうっすらと目を開ける。

漆黒《しっこく》の瞳と視線を合わせたアティナは、ほうっと全身の力を抜いてその場に座り込んだ。

「いったい……どうしたの？」

ルイスが起き上がると、被っていたらしい毛布が腰に落ちる。

どうやら眠っていただけのようだ。ご丁寧《ていねい》に枕まで用意してあり、よくよく見ていれば気づけただろう。

けれど、さきほどのアティナにはそんな余裕などなかった。

花に埋もれて眠るルイスが、四年前、棺《ひつぎ》の中で眠る父と重なって見えたから。

このまま、ルイスが目を覚まさなかったらどうしよう。そんな不安に胸を占拠され、冷たい氷水をかけられたかのように凍えそうになった。

大丈夫。ルイスは生きている。

だけど――

「先生……私が、十七歳になったら、先生は約束通り、アレサンドリ神国へ帰るんですか？」

ひとつの不安が取り除かれたからだろうか。ずっと胸の奥にしまい込まれていた終わらない不安が、アティナの口からこぼれた。

ルイスは目を瞠《みは》って息をのんだが、すぐに心を落ち着かせるように長い息をひとつ吐き、静かに答えた。

「俺は、約束したこと、守るよ」

はっきりとした答えを聞いて、アティナの心が、悲鳴を上げながらひしゃげる。

彼が言う約束とは、つまり、父と交わした、アティナを十七歳まで生きながらえさせるという約束のことだ。そして、その役目が終わったら、ルイスは晴れて自由となる。

もう、アティナのそばにいる必要はない。

ルイスは、アレサンドリ神国へ帰るのだろう。

最初から、そういう約束だった。

わかっていたことなのに、面と向かってはっきり言われると、苦しい。いまにも泣き出してしまいそうで、でも、ここで泣いてはルイスに迷惑をかけてしまう。アティナは必死にこらえた。

「そっか……うん。そう、ですよね」

口を開けば泣き出してしまう。そう答えるだけで精一杯だった。

アティナはそれ以上なにも言えず、黙ってルイスの家を出る。

翌日から、ルイスが研究に集中したいからと、来客禁止の札を掲《かか》げて家にひきこもった。

アティナはルイスと顔を合わせないまま、運命の誕生日を迎えた。

アティナが成人するその日、城の門はおおきく開け放たれ、町民が前庭に集まっていた。成人したアティナが、バルコニーへ出て領民に言葉を述べるからだ。領主の言葉を賜《たまわ》ったのち、今日の祭りが始まるのである。

自室で準備を整えたアティナは、カリオペをはじめとした、自分付きのメイドを連れて廊下《ろうか》を歩いていた。

今日アティナがまとうのは、黒と薄紅《うすべに》が混じり合うドレス。胸元を大胆《だいたん》に開き、ウエストをきゅっと絞《しぼ》った上半身は、薄紅色のサテン生地の上に黒いレースを重ねてある。大きく膨《ふく》らむスカートには、薄紅色のサテン生地の上に黒のシフォンが幾重にも重なっていた。

少女らしい可憐《かれん》さの中に、女性の色香が垣間《かいま》見《み》えるドレスだった。ドレスにこめたアティナの気持ち。ルイスは気づいてくれるだろうか。期待とも不安ともとれない気持ちを振り払うように歩を進めた。

バルコニーがある部屋までたどり着くと、扉の前で立ち止まり、深呼吸を繰り返す。横からカリオペが、大きく巻いて高くまとめた髪の髪飾りの位置を修正した。

心の準備が終わり、アティナは知らずうつむけていた顔を上げる。それに合わせ、部屋の扉が大きく開いた。

扉からまっすぐ正面突き当たりに、領民たちに言葉をかける予定のバルコニーがある。扉から、バルコニーへ通じる窓までの道を囲うように、城勤めの使用人たちが整列していた。

「王女様、お誕生日おめでとうございます」

「王女様」

「おめでとうございます」

「ドレス、とってもきれいです」

満面の笑顔とともに、祝いの言葉を贈ってくれるみんなの顔を、アティナはゆっくりと見て回る。

この部屋に、クリストをのぞいて貴族はいない。彼らはアティナの父が死んだときに、この町から去ってしまったから。

この場にいるのは、空《から》っぽになってしまった城に、自ら集《つど》ってくれた優しい人たちだ。

アティナが今日まで生きてこられたのは、ルイスの薬のおかげがもちろん大きい。けれど、彼らの存在がなければ、父の願いは叶えられなかっただろう。

「みんな……本当に、ありがとう。みんながいてくれたから、私は生きてこられたの。まだまだ未熟な領主だけれど、これからも、よろしくね」

アティナが感謝の言葉を述べれば、全員がうなずいてくれる。何人かは涙ぐんでいて、アティナもつられて泣きそうになった。

ここで泣いている場合ではないと、アティナはなんとか思いとどまる。これから、領民たちへ挨拶《あいさつ》をしなければならないのだ。

アティナは使用人たちに見守られながら部屋を進み、窓の前に立つ。左右に控える使用人たちに視線で合図をすれば、窓が大きく開かれた。


春らしい柔《やわ》らかな風が吹き込み、咲き誇る花々の香りを感じた――次の瞬間、領民たちの熱のこもった声援がアティナの全身にぶつかった。

聞こえる、などという言葉ではとうてい言い表せない。まるで見えない塊《かたまり》がアティナに向かって体当たりをしてきているかのようだった。

あまりの迫力に気圧《けお》されながらも、アティナはバルコニーへ出る。手すりに近づけば、広いはずの前庭が、領民たちで埋め尽くされていた。

「王女様――！」

「おめでとうございます！」

「王女様、きれいです！」

「誕生日、おめでとうございます！」

領民たちが声を張り上げ、アティナの誕生日を喜び、祝う。みんながみんな、輝くような笑顔で見上げてくれることがうれしくて、視界がにじむ。

でも、まだだ。まだ泣くときではない。

「皆さん、今日は私のために集まっていただき、ありがとうございます。まだ成人も迎えていない私が領主となったとき、さぞや不安だったろうと思います。それでも、皆さんは私を見捨てず、ずっとそばで助け、見守ってくださいました」

難民を受け入れると言い出したとき、誰も反対しなかった。

食糧が足りなくなったとき、自分たちが食べる分を削《けず》って城までもってきてくれた。

時折町を散歩するアティナに、優しく声をかけてくれた。

町を包む自然は厳しいというのに、そこに住む人々は、慈《いつく》しみに満ちている。

「皆さんの尽力のおかげで、私は今日、成人を迎えることができました。まだまだ領主として未熟だと思います。だから、これからも、私に力を貸してください」

アティナは頭を下げる。すると、あんなに激しく声援を送ってくれていた領民たちが、静まりかえってしまった。驚いているのだろう。

領主が領民に頭を下げるなんて、あまり褒《ほ》められることじゃない。

けれど、アティナは彼らの助けを必要としているから。

飾らず、おごらず、正直に頭を下げよう。

凪にそよぐ木々の葉の音が聞こえるほど静かな世界に、誰かの拍手が響いた。

拍手の音は次第に数を増し、やがて全員が手をたたき、声をあげる。

「一生ついて行きます、王女様！」

「王女様――――！」

「いくらでも力になりますから！」

「王女様、これからもよろしくお願いします！」

領民たちの温かな声を、アティナは姿勢を正して受け止める。片手をあげてふってみれば、歓声とともに皆が手を振りかえしてくれた。

「アティナ」

歓声の間をぬって、背後から声がかかった。

その声の主が誰なのか、振り返らずともわかる。だって、愛《いと》しくて愛しくて仕方がない人の声だから。

期待と不安。相反するふたつの感情を抱えながら振り返れば、愛しい人、ルイスが立っていた。

ルイスを一目見たアティナは、目を丸くして固まった。

今日、彼は、目印ともいえる濃紺《のうこん》のローブを脱ぎ捨てて、盛装に身を包んでいる。このあと、城内のホールで祝宴が行われるのだから、それ自体はおかしいことじゃない。

驚いたのは、その、色だ。黒を基調とした盛装は、首に巻くタイや、上着の襟元《えりもと》、肩の飾りや裾《すそ》の刺繍《ししゅう》と言った様々なところに、薄紅色が使われていた。そして、タイを留める宝石は、きらめくアイスブルー。

アティナの色だった。

異性の色の衣装をまとう。その意味を、アティナはちゃんと理解している。

だからこそ、今日、アティナは黒いドレスを選んだのだから。

「アティナ、誕生日、おめでとう」

祝いの言葉を口にして、ルイスは、背後に隠し持っていた花束を出す。

小さな花弁がいくつも重なり、大きな丸を作るその花は、ルルディ国の国花、リンネ。

けれど、その色は、まるで深紅《しんく》のバラのように真っ赤だった。

「先生……この花、完成したの？」

「うん。アティナ、赤が嫌いって、言ってた。でも、どうしても、赤い花束、渡したかった」

ルイスはその場に膝をつき、アティナへ向けて、赤いリンネの花束を差し出した。

「アティナ、君を、愛してる」

アティナは驚愕《きょうがく》の表情を浮かべ、ぴくりとも動かなくなった。衝撃のあまり固まるアティナへ、ルイスはなおも言いつのる。

「本当はね、アティナが、想い、伝えてくれるたび、応えたいって、思ってた。でも、アティナの父様と、約束、あったから。十七歳まで、待つって、決めてた」

つまり、当初の目的である、アティナを十七歳まで生きながらえさせるという自分の役目をきちんと全《まっと》うしてから、想いに応えるつもりだったらしい。

だからいつも、気持ちだけは受け取ってくれたんだな、とアティナは初めて理解する。

「や、約束って……そういうこと……」

なんとも律儀《りちぎ》な話だ、と感心しつつ、だったらあらかじめ教えてほしかったな、という複雑な思いを抱えながら脱力する。

「でも、それだけじゃない。もうひとつ、約束したよ。アティナのそばに、ずっと、いる」

生きる希望を失いかけたアティナを、この世につなぎ止めた約束。ずっとずっと、十七歳までの約束だと思っていたのに、その先を、望んでいいのだろうか。

戸惑うアティナへ、ルイスは迷いなく告げる。

「アティナ、俺と、結婚してください」

結婚。

それは、これからの人生を共に生きるという約束。

今日で終わりじゃない。

ずっと続く、約束。

「…………はいっ、喜んで」

震える声で応えて、花束を受けとれば、立ち上がったルイスが抱きしめてくれた。

割れんばかりの歓声が響き渡る。祝福の言葉たちが、いくつもいくつもふたりに届く。

アティナはルイスの胸に頬《ほお》を寄せながら、赤いリンネの花を見た。

「ねぇ、先生。どうして、赤い花束だったんですか?」

「赤い花束、俺の父様が、母様に求婚したとき、渡した」

思いもよらぬロマンチックな答えに、アティナの頬が熱くなる。苦手だった赤が、大好きになりそうだ。

うれしくて、恥ずかしくて、アティナがうつむいて花束で顔を隠していると、頬に骨張った手が添えられる。促されるまま顔を上げれば、間近にルイスの顔が迫っていた。

ふたりが口づけると、さらなる歓声が町中に響いた。


アティナは、知らなかった。

十七歳の誕生日を迎え、好きな人に同じ想いを返してもらえる奇跡を手に入れた、その日。

アルセニオスが、反乱を起こしたことを。

第三章　王女アティナの結末

アティナの成人を祝う祭りは二日間開催され、国王の生誕祭のように絢爛豪華《けんらんごうか》とはいかないが、町の人々ひとりひとりが力を合わせてこの良き日を祝おうとする、温かな祭りだった。

一日目は城で祝宴を行い、二日目は町へ出て祭りに参加したアティナは、祭典の主役という気負いのせいか、すべての日程を消化するなり倒れてしまった。

ぼんやりとかすむ視界で、アティナは天蓋《てんがい》のワインレッドを見つめる。頭の中にもやがかかったみたいに感じるのは、熱がまだ下がらないせいだろう。

額に載せた濡《ぬ》れ布巾《ぶきん》がぬるくて気持ちが悪いな、と思っていると、横から伸びてきた細く骨張った手が濡れ布巾を持って行った。

どうしようもない倦怠《けんたい》感が居座っているものの、昨日まで感じていた節々の痛みはなくなっている。

目を閉じると、新しい濡れ布巾が額に載せられ、ひんやり感が熱のこもった頭の中に染みこんでいく。

このまま熱をすべて吸い取ってくれたらいいのに。もういい加減ベッドから抜け出したい。などと、現実逃避をしていたアティナは、そろそろちゃんとしようと思いなおし、ゆっくりと瞼《まぶた》をあげて視線を天蓋から横へずらす。

「どうかしたの？　アティナ。もしかして、布巾、冷たすぎた？」

そう柔《やわ》らかく笑って、ベッドの横に腰掛けていたルイスが顔をのぞき込んできた。彼の漆黒《しっこく》の髪が枕元に落ちるほどの至近距離で見つめられ、熱がさらに上がったことを悟る。

アティナの成人を祝う祭りから、二日が経っている。つまり、アティナが熱を出してから三日目ということなのだが、いくら虚弱といっても、ただの疲労からくる熱がここまで長引くのは珍しい。

それもそのはず、アティナが熱を出してからというもの、ルイスがつきっきりで看病してくれているのだ。

額の濡れ布巾を替え、ベッドから身を起こそうとするアティナの背を支え、食事の補助も行い、さらに、熱を測るために額を合わせてくる。

正直に言おう。熱が下がるはずがない。

「あの……先生。ずっと看病していてお疲れでしょう？　私のことはお気になさらず、ひと休みされてはいかがでしょう」

アティナがさりげなく退室を勧めると、ルイスは慈《いつく》しみに満ちた笑顔で首を横に振った。

「俺のこと、気にしないで。ひきこもり、徹夜、慣れてる。まだまだ、平気」

こちらが平気じゃないいんです。心臓や精神が高ぶりすぎてうっかり天に召されてしまいそうです――とは、さすがに言えないため、アティナは必死に現状からの突破口を探した。

「で、でも……大切な研究があるでしょう？」

「研究よりも、アティナが、大事」

とす――――んっ！　という幻聴とともに、アティナの胸に矢が刺さるような衝撃が走る。

くらりとめまいを覚えて視線をルイスから外すと、心配した彼がさらに顔を近づけてきた。

気遣わしげにこちらを見つめるルイスは相変わらず美しく、彼の周りをきらきらと光が舞っているように感じた。

あぁ、光の向こう側に、見事な花畑と雄大な大河が見えて――

「……ぅえふん、げふん」

突然、わざとらしい咳払《せきばら》いがルイスの背後から聞こえ、アティナははっと我に返った。

顔をのぞき込んでいたルイスが、身を起こして背後を振り返る。それにより広がったアティナの視界に現れたのは、あきれ顔のクリストだった。

「長年、王女様のむずがゆい片思いを見せつけられていた身としては、おふたりの邪魔をするのは忍びないのですが、それ以上ルイス先生の猛攻が続くと、王女様が過幸死します」

過幸死——まさにいま、あの世への入り口が見えていたアティナとしては、これ以上ぴったりな表現はないとうなずく。これぞ言い得て妙だった。

背後を振り返っていたため、納得するアティナに気づいていないルイスは、わからないとばかりに首を傾《かし》げた。

「俺、アティナ、攻撃なんて、してない。ただ、大切な人、いたわっている、だけ」

「はぅあっ！」

どこまでも自然に甘いルイスに、アティナはとうとう胸を押さえてもだえる。

「アティナ、どうしたの？　呼吸、苦しい？　熱、上がったかな」

ルイスはアティナの額を覆《おお》う濡れ布巾を外すと、互いの額を合わせる。あとほんの少し動けば唇が触れあってしまいそうな至近距離に、全身が燃え上がるように熱くなった。

「やっぱり、熱い」

額を離したルイスは、表情を曇らせてつぶやくと、ベッド端のテーブル上の桶《おけ》に浸した布巾を絞《しぼ》り、改めてアティナの額に載せる。

「あんまり、熱、長引くようなら、熱冷ましの薬、作ろう。でも、無理に熱、下げる、よくないから。なるべく、使いたくない」

「そこまでする必要はありませんよ、ルイス先生」

思い悩むルイスの背後で、クリストは薬の必要性をさらりと否定する。熱が長引く原因をきちんと把握《はあく》している彼が心配ないというからには、なにかいい方法を思いついたということだろう。

ルイスを傷つけることなく、退室を促す策。それはいったいどんなものだろうと期待しながらクリストを見つめれば、彼は胸を張って言い切った。

「王女様が、この状況にさっさと慣れればいいんです」


結局、アティナがベッドの住人を卒業するのに、それから二日かかったのだった。


窮屈《きゅうくつ》だったベッドから抜け出したアティナは、自由を満喫《まんきつ》する暇もなく、執務室で書類とにらめっこしていた。フィニカの町と周囲の山しか領地がないといっても、それなりに仕事がある。

結婚するにも領主の認可がいるし、赤ん坊が生まれたときも領主に届けなければならない。各家の野菜の発育具合から勘案《かんあん》した税率の確認や、城や町を囲う城壁、外界とつながる吊り橋の維持管理なども領主の務めだった。

もちろん、アティナのもとまでそれらの事案が届く頃には、内容を確認し署名をするだけの状態であるのだが、アティナの許可がなければ終わらないし、始まらないのだ。

領主の仕事の遅れは、領民たちの生活環境の悪化につながってしまう。そのことを理解しているから、せっせと書類に署名をした。もちろん、内容に問題はないかの確認も怠《おこた》っていない。

署名が終わった書類は、すぐさまクリストが回収していく。執務室には、アティナが滑らせるペンの音と、クリストが紙をめくる音だけが響いていた。

「そういえば……王女様とルイス先生の婚約を、進めなくてはいけませんね」

ギリィッという音を立てて、アティナの署名が大きくゆがんだ。

「なにしてるんですか、王女様。それ、横に書き直してくださいよ」

「あぁ、うん。ごめんなさいね——って、違う！　いま、クリスト、なんて言った!?」

「ルイス先生みたいなしゃべり方になってますよ、王女様。婚約を進めましょうと言ったんです」

「誰と、誰の?」

「王女様とルイス先生だと言っているじゃありませんか」

「はぅあっ、聞き間違いじゃなかった！」

アティナは頭を抱えて机に突っ伏す。机に散らばる薄紅色《うすべに》の髪を見下ろしながら、クリストは盛大に嘆息《たんそく》した。

「なにをいまさら照れているんですか。ルイス先生の猛攻に慣れたからこそ、熱が下がったんでしょう」

クリストの言うとおり、アティナはルイスの、看病という名のもとに繰り出される過剰《かじょう》なスキンシップに、なんとか耐性を得ることができた。だからこそ、ベッドの住人を卒業できている。

けれどもままならないもので、ルイスの恋人という立場には順応できていない。

今朝だって、アティナの熱が下がって安心したルイスが家へ戻ろうとしたとき、彼はわざわざ、行ってきますの挨拶《あいさつ》と一緒に口づけをした。

口づけ自体はルイスから告白されたときに（衆人環視《しゅうじんかんし》の中）交わしたし、看病中にも何度かもらったこともある。が、未だ慣れない。

というか、行ってきますの挨拶に口づけって……どこの新婚夫婦だよ、と思っておおいにもだえた。そしてそれは、思い出しただけのいまも続いている。

「……うえふん、げふん」

自分だけの世界へ飛んでいってしまったアティナを、クリストの大きな咳払いが現実へ引き戻す。

「とにかく、あなた方おふたりの婚姻《こんいん》をつつがなく結ぶためにも、まずは婚約です。あなたはルルディ国のれっきとした王女であり、そしてルイス先生は大国アレサンドリよりの使者なのですから。それぞれしかるべきところへ書状を送り、許可をいただかないと」

「許可……か。叔父様《おじさま》は、私の婚姻を認めてくれるかしら」

「ルイス先生はアレサンドリの王太子妃であるビオレッタ様の兄上ですから、あの方との婚姻は大国アレサンドリとの十分な繋《つな》がりとなるでしょう。ルルディ国にとってよいお話です。反対などするはずがありません」

　ルイスがもしもルルディ国の有力貴族と繋がりがあれば、アティナと有力貴族が繋がることを極端に嫌がる国王派によって、ふたりの婚姻は阻止《そし》されるだろう。

　いくら国王とその一派が権力を掌握《しょうあく》していると言っても、反国王派も存在する。彼らとアティナの接触だけは阻止したい国王派は、療養のために滞在していたフィニカの町が辺境だったことをいい事に、そのままフィニカの領主に任命したのだ。

　幸いなことに、ルイスはこの四年間、フィニカの町からほとんど出ていない。貴族の知り合いと言えば、クリストとデメトリぐらいだ。国王派が危険視することはないだろう。

「私の方は問題ないとして、残るは……」

「ルイス先生のご実家でしょうね。あとは、アレサンドリ神国がおふたりの婚姻を認めるかどうか」

「私と結婚すれば、先生の拠点がルルディ国に移ってしまう。アレサンドリ神国としてはそれは避けたいでしょうね。先生は優秀な薬師《くすし》ですもの」

滞在期間を数年延ばせたとしても、ルイスがこの地に永住することは無理だろう。

『アティナ、俺と、結婚してください』

ルイスはああ言ってくれたけれど、現実は難しい。そう思うと、ひどく気分が沈んだ。

「まだなにも決まっていないんですから、そう落ち込まないでくださいよ。まずは、それぞれに書状を送りましょう。各々の意見を聞いてからじゃないと、対策も立てられませんからね」

「そう、ね。じゃあ、このあと先生と相談して、アレサンドリ神国へ送る書状と叔父様宛《あて》の書状を用意するわ。それぞれ、騎士に届けさせましょう。団長を呼んできてもらえるかしら」

団長と聞き、クリストの顔があからさまに歪んだ。

「……なにかあったの？」

「いえ、問題が起こっているわけではないのです。ただ、団長の機嫌がすこぶる悪いので、あまり関わりたくないな、と……」

団長は歴戦の戦士（対野生動物）といった風貌《ふうぼう》の男性で、見た目にたがわぬ竹を割ったような性格をしており、感情の起伏《きふく》はあれど長続きはしない。つまり、継続的に機嫌が悪いというのは、とても珍しい事だった。

「なにか心配事でもあるのかしら」

「定期的に町を訪れる行商人が来てくれないので、大好きな牛肉が食べられず荒れているんですよ」

なるほど。確かにフィニカでは牛の飼育はしていないから、行商人が来ないと牛肉は手に入らないな。

「……って、食い気かよ！」

一瞬脳内で納得してしまったアティナだが、机をたたいて突っ込んだ。

そういえば、干していない肉が食べたいからと狩り班に人数を割き、山賊《さんぞく》の侵入を許したこともある。どれだけ食い意地が張っているのだろうと、アティナは頭を抱えた。

「最後に行商人がきたのは、王女様の誕生祝いの準備中でしたので、ひと月以上来ていないのです。基本的に自給自足で暮らしていますから切迫してはいないのですが、手紙を送れないのは、ちょっと……」

「誰かに送るつもりだったの？」

「ええ。父に手紙を」

クリストは苦笑いを浮かべて肩をすくめた。

「宴のことなら、気にしなくていいのよ。領地を持っているのだから、いろいろと忙しいでしょうし」

クリストの父は王位が叔父に移った際、自らが治める領地へ帰ってしまっている。それは領地内に重要拠点である港が存在するため、王位継承の混乱のなか、あらゆる事態に対応できるよう守りを固めねばならなかったからだ。

致し方なく離れただけなので、完全にアティナを見捨てたわけではない。ただ、国王一派がアティナを警戒しているため表立って味方できず、残していったクリストを介して、なにか町で問題が起きたときに遠くから手を貸してくれるなど、交流は続いている。

そういった経緯から、今回、アティナの成人を祝う宴《うたげ》にクリストの父を招待していた。参加するという返事をもらっていたのだが、当日、彼は現れなかった。

領地でなにか問題が起こったのかもしれないし、もしかしたら国王派から探りを入れられて動けなくなったのかもしれない。

「来ると約束しておきながらすっぽかしたのです。父にはきちんと説明していただかないと」

「別に私は気にしていないけどなぁ。あ、でも……ここへ向かう途中でなにか事故に巻き込まれた、という可能性もあるのね」

「その心配はしておりません。いくらお忍びといえども、護衛の騎士を引き連れて移動しているでしょうし、もし万が一のことがあれば、騎士の誰かが領地に報告するはずです。そして、我々のもとへも知らせが届くことでしょう。同じ理由で、父が危篤《きとく》などという可能性も低いと思っています」

「だったら……どうしてなにも音沙汰《おとさた》がないのかしら？」

実際、クリストの父は現れなかった。そして、連絡もなにもない。

なんだか不気味に思えて、アティナは眉《まゆ》をひそめる。クリストも眼鏡《めがね》を外して眉間《みけん》を揉《も》みほぐしながら、低くうなった。

「……もしかしたら、流通が止まるようななにかが、中央で起こっているのかもしれません。そのせいで、父も領地から離れられないのかも」

「流通が止まるような、なにか？」

皆目見当がつかなくて、アティナはますます難しい顔になる。クリストは掛けなおした眼鏡のブリッジを持ち上げ、苦笑した。

「心配いりませんよ。もしなにかあれば、バリシア領主から連絡があるでしょうし」

クリストの言う通りか、とアティナはわずかに気持ちを浮上させる。

バリシア領主とは、アティナが治める領地の山を越えた先にある、麓《ふもと》一帯を治める領主のことだ。フィニカの町を訪れる行商人たちも、バリシア領に拠点を置いている。

アティナが治める山はルルディ国の端に存在しているため、物流や手紙、人の行き来に関してバリシア領主の協力がなければなにも始められない。そういった事情から、アティナを多少なりとも警戒している国王派から、監視なりなんなりを命じられているのではないか、と推測している。

「念のために、私も情報を探ってみます。流通に関しても、行商人が来ないなら、この間薬草を買ったときのようにバリシアの街まで馬を走らせればいいのです」

フィニカの町は陸の孤島と言われていても、外の世界から完全に隔絶《かくぜつ》されているわけではない。道はつながっているのだから、情報収集のために動けばいい。

「また騎士使いが荒いって、文句を言われそうね」

「普段から貴重な食糧をがんがん消費しているんです。それぐらいしてもらわないと、割が合いません」

アティナとクリストは顔を見合わせると、ふふっと笑い合った。

太陽が少し傾いた頃、庭の東屋《あずまや》で揺り椅子《いす》をこぎながら、アティナは優雅にお茶を飲む。午前中いっぱい、たまっていた書類の処理に追われたため、無理をしてまた倒れても困ると、午後はひたすらゆっくりすることになっていた。

いつだったかデメトリに天に召されそうとかなんとか言われた日と同じ状況であるが、今日は邪魔者がいない。ゆっくり午睡《ごすい》を楽しめそうだと、瞼《まぶた》を下ろした。

少し遠くで、鼻歌が聞こえる。誰に聞かせるでもなく、自然と口をついてくるのか、風にそよぐ葉音にもかき消されそうなささやかな声で、でも、聞いていると心が落ち着いた。

歌声に気づくと、声がより鮮明になってくる。どうやら、自分は眠っていたらしいと自覚したのは、目を開けてあかね色の空を認めたとき。

視線を巡らせれば、思っていたよりもずっと近く——東屋から出てすぐの花壇《かだん》に、ルイスの姿を見つけた。

東屋の周りには、リンネの花壇がしつらえてある。リンネは種類が豊富ゆえに、この花壇には一年中、花が咲いていた。

今の時期は、ルルディ国の国花でもある白いリンネが咲き誇っている。しかし、ルイスは満開のリンネに見向きもせず、その隣、晩冬の間、赤紫の花びらで見る者の心を温めていたリンネの前にしゃがみ込んでいた。

庭師がこまめに掃除《そうじ》しているため、ルイスの足下に散った花びらなどは落ちていない。代わりに、点々と、小さな黒い粒がいくつも散らばっていた。どうやらルイスは、それらを拾い上げているらしい。

男性にしては細く、女性にしては長く骨張った指が、小さな黒い粒を一粒一粒拾い上げては紙袋に放り込む。ほうきやちりとりといった道具を使わず、丁寧《ていねい》に手で拾う様子は、彼の植物に対する姿勢が表れていた。

完全に眠りから覚めたアティナは、声をかけることなくルイスの横顔を観察する。黒曜《こくよう》の瞳は伏せられ、髪と同じ色のまつげが丸みの少ない頬《ほお》に影を落としている。ルイスは横顔さえも美しい。

たまらずため息を漏《も》らすと、ルイスが振り返った。

「アティナ、起きた」

「お仕事のお邪魔をして、申し訳ありません。どうかそのまま、作業を続けてください」

アティナは作業をするルイスが大好きだ。いつも眠そうな目が強い光を宿し、真剣な表情で様々なことを考えながら、大胆《だいたん》かつ繊細《せんさい》な作業を行う。彼が纏《まと》う張り詰めた糸のような空気が、とてもすがすがしく感じるから。

「大丈夫。最初から、アティナが起きるまで、暇つぶしだった」

「え、もしかして、先生をずいぶん待たせてしまったんですか!?」

立ち上がり、アティナのそばまでやってきたルイスは、背後の空を見上げた。

「俺が帰ってきたら、アティナ、ここにいるって教えられた。せっかくだから、お茶、しようと思ったけど、アティナ、眠ってたから」

一緒にお茶を飲もうと思ったということは、おそらく、アティナがうたた寝を始めた頃にやってきたのだろう。思いのほか長い時間、待たせてしまったと知り、アティナは焦った。

「あの、先生、そういうときはどうぞ起こしてください」

「気にしないで。アティナ、病み上がり。なのに仕事したから、疲れてて、当然」

「でも……せっかく先生がそばにいたのに……」

「うん。だから、幸せだった。大好きな人、眠ってる。そのそばに、いられたから」

甘やかな笑顔とともに投げられた砂糖菓子のような言葉に、アティナの頬は赤く染まる。

さっきまで、ふたりの時間をふいにしたと後悔していたのに、ルイスの言葉でうれしくなるのだから、なんて単純なんだろうと自分で自分が情けなくなる。

でも、こんな自分が、アティナは嫌いじゃなかった。

「そういえば、なにを拾っていたのですか？」

「あぁ、これ？」と、紙袋を持ち上げると、ルイスはアティナの隣にある椅子に腰掛け、茶器が並ぶ丸テーブルの上に中身をそっとまいた。

白いテーブルの上を、ころころと黒い粒が転がる。よく見るとでこぼこしていて、つまむと堅くて乾燥していた。

「これ、リンネの種ですか？」

「そう。種から、油、取り出そうと思って」

リンネから採れる油は、保湿剤としてルルディ国民に広く知られている。傷んだ髪や肌に塗りこむと、なめらかさとつやが出て、さらに保護までしてくれるという優れものだった。アティナも毎日、カリオペによって全身に塗りたくられている。

「それにしても、リンネの種、初めて見ました。あんなに立派な花を咲かせるのに、種はこんな小さな一粒なんですね」

リンネの栽培《さいばい》には、おもに球根が使われる。それは細長い芋《いも》のような形をしているため、種が指でつまめるほど小さいとは思わなかった。

「その、小さい粒から、球根ができるまで。だいたい、二、三年、かかる」

「そんなにかかるんですか!?」

驚きの声をあげ、アティナは種をまじまじと観察する。

リンネの花と言えば、そこかしこに年がら年中咲いているため、ありがたみなどあまり感じなかったが、太陽のようなまあるい花を咲かせるまで、それほど長い年月を必要としていたとは。

「これからは、もう少し敬意をはらって花を愛《め》でようと思います」

「うん。それがいい」とうなずいて、ルイスは微笑《ほほえ》む。

その笑顔がどこか誇らしげで、彼は本当に、植物が好きなんだなぁと感じて、アティナの表情も緩《ゆる》んだ。

「先生、大好きです。結婚してください」

ついついいつもの癖《くせ》で告白すれば、ルイスは「結婚、する。決まってる」とすぐに答える。

その言葉で、アティナは今朝のクリストとの話を思い出し、なんだかちょっと気恥ずかしくなりながらも、問いかけてみた。

「あの、先生。私と、本当に結婚するんですか？」

「するって、言ってる。俺、嘘つかない」

「いや、その、疑っているわけではないんです。ただ……ルビーニ家の方々とか、アレサンドリ神国側が、いろいろと、あれなんじゃないかな、と思って」

反対されるのでは、とは言いづらく、アティナはあえて言葉を濁《にご》す。それでも、ルイスはきちんと意を汲《く》んでくれた。

「心配ない。家族も、国も、俺がここに残ること、反対しない」

迷いなく宣言するのは、きっと確信があるからなのだろう。アティナはほっとしたが、ルイスの有能さを身をもって知っているだけに、安心しきれない。

「先生ほどの才能を持っている方を、国が手放すでしょうか?」

「大丈夫。研究、どこでもできる。それに、俺と家族、いつでも、つながってる」

つながるとは、心が、という意味だろうか。つまり、結婚したからといってルイスのアレサンドリ神国に対する忠誠心は変わらない、ということか。

「開発した、薬。全部、アメリアに、教える」

まぁ別に、ルルディ国の王女と結婚するのだから、ルルディ国に忠誠を誓え、なんて思わない――などと考えていたら、意外な名前が飛び出してきた。

「アメリア様に、薬の作り方を教えるのですか?」

確か、アメリアは薬を作らないと聞いている。

「アメリア、俺たちの薬、全部、資料にまとめてる。だから、新薬、アメリアに報告する」

そもそも、魔術師は独り立ちしてしまえば好きなところで研究をしてもいいらしく、アレサンドリ神国だけでなく世界中に散らばっているという。

しかも、独自の通信網《もう》があるそうで、新しい疫病《えきびょう》が流行したときなどは、開発した特効薬の情報を、世界中の魔術師たちが共有するという。

「情報を共有って……いったい、どのようにするのですか？」

「俺は、できない。けど、アメリアやコンラード、できるから、俺の研究、把握《はあく》してると思う」

アティナの知る限り、ルイスはアメリアやコンラードと、手紙のやりとりをさほど頻繁《ひんぱん》に行っていない。

訳がわからず首をひねるアティナへ、ルイスはいたずらな笑みを浮かべ、言った。

「いつか、見せてあげる。俺の妹に頼めば、すぐ、わかるよ」

ルイスの妹と言えば、アレサンドリ神国の王太子妃だ。それだけでなく、光の巫女《みこ》という、アレサンドリ神国にとって王族に並ぶ尊《とうと》い地位も持ち合わせているそうなので、彼女が国を出るのは難しいだろう。

そうなると、アティナがアレサンドリ神国へ赴《おもむ》くことになる。

「私を、アレサンドリへ連れて行ってくれるんですか？」

「もちろん。だって、家族に、会わせたいから」

ルイスの家族に会う。なんだか、ルイスが本気でふたりの今後を考えているのだと実感して、アティナは「えへへ」と笑みをこぼす。

いつか、アレサンドリ神国を訪れて、ルイスの家族に会ったら。

そのときこそは、アメリアにきちんと謝罪しよう。アティナはそう、心に決めた。


「うぅ〜〜〜〜ん……」

アティナはうなっていた。

執務椅子に腰掛けて、クリストが持ってきた書類に目を通しながら。

「やっぱり、増えてるわよねぇ」

眉根《まゆね》をぐっと寄せながらそうつぶやくと、執務机の前で待機していたクリストが「気づきましたか」と答える。

「王女様のおっしゃるとおり、ここ最近、難民の数が増えました。この二週間で、いままで一ケ月で訪れていた人数に達しています。つまり倍です」

「いくら部屋が余っているといっても、限界があるわね。増えだしたのは……私の誕生日から、一週間ほど経ってからのようね」

アティナは報告書に指を走らせながら情報を読み解く。

いまは誕生日から一ヶ月が経とうとしている。二日間にわたる祝いが行われていた頃はとくに変わりはなかったが、祭りの熱が冷めて町が落ち着き始めた頃、変化は徐々にやってきた。最初はいつもより多いかな、という程度だった難民が、この二週間でどっと押し寄せてきていたのだ。

「難民たちは、なにか言っていた？」

「なんでも、中央でなにか大きな事件が起きたらしいと……それだけで、詳しい事情は誰も知りませんでした」

「中央……王都ってこと？」

王都で事件、と考えて、思い浮かぶのはひとつ。

「……反乱？」

つぶやいて、アティナとクリストは「まさかぁ」と声をそろえて否定した。

反乱を起こすには大義名分や旗印が必要だ。しかし、旗印を担《にな》う権利をただひとり持つアティナは、あまりに病弱すぎて担ぎあげたところですぐに倒れてしまうだろう。事実、叔父《おじ》が王位を継いでから今日まで、国王派からも反国王派からもなんの接触もなかった。

王都でただならぬことが起きたらしい――にわかに信じがたい情報ではあるが、家を捨てるか否《いな》かを迷っていた人々からすれば、最後のひと押しになったのだろう。

デメトリが言う『希望の聖王女』の噂《うわさ》が本当だとしたら、難民がますます押し寄せる可能性がある。

「相変わらず、行商人もやってきませんしね。商店へ直接買い付けに行った際、いろいろと訊いて回ってもらったんですが、商人たちは仕入れが遅れているとしか答えてくれないそうです。バリシア領主に問いあわせても、これといった返答もありませんし……」

「私と違って、バリシア領主なら王都に情報収集用の使者くらい置いていそうだけど……。なにも言わないということは、難民たちの勘違いってこと？　それとももしかして、バリシア領主がわざと情報を遮断《しゃだん》しているとか？」

「いやぁ……さすがにそれはないかと」

バリシア領主は自らが国王派であると明確に示していない。けれども、アティナの監視を命じられている可能性はある。そして、フィニカとバリシア領は切っても切れない仲だ。

相手の立場がはっきりしない以上、下手に接触しない方がいいだろうと、バリシア領との交渉事はすべてクリストに一任しており、アティナは自身の体調を言い訳に奥に引っ込んでいた。

クリストの手腕のおかげで、バリシア領主とは特別険悪でもなければ親密でもない。王都でなにかが起こったときに一報をもらえる程度には、良好な関係を築いている。

これでも一応、アティナは王女なのだ。王都でなにかがある――つまり、王家になにかが起こったとしたら、最優先で知らせるはずだ。

「……あれ、もしかして、私ってば王女だってこと忘れられてる？」

「まさか、そんな……」と笑い飛ばそうとして、クリストは押し黙った。

ふたりの間を、嫌な沈黙が流れる。

「……と、とにかく！　万が一に備えて、例の肥料《ひりょう》を作れるよう、先生に準備をしておいてもらいましょう。あと、騎士団には森に家を建てられるよう、木の伐採《ばっさい》をさせて」

「森に、家を建てるのですか？」

「部屋が足りなくなったときの保険よ。別に立派な邸宅を建てる必要はないわ。雨風がしのげて、獣から身を守れるのであればそれでいい」

「先の見通しが立ちませんし、お金を集めておきましょうか。冬の間にため込んだ毛皮を売れば、まとまった額になるはずです。ついでに、もう一度情報収集します。もしかしたら、新しい情報を商人が仕入れているかも」

「そうね。じゃあ、私はアルセニオスに手紙を書くわ」

クリストは「わかりました」とうなずき、団長のもとへと向かった。その背中を見送っている間に、カリオペが書状の用意をする。彼女からペンを受け取り、まっさらな紙に視線を落としたアティナは、ふと、考える。

反乱なんてありえないと笑い飛ばしたけれど、もし事実だったら自分はどうなるのだろう。

この町のみんなを守るために、なにをするべきだろう、と。

「王女様、どうかされましたか？」

カリオペに声をかけられて、アティナははっと顔をあげる。ペンを受け取っておきながら、いつまでも書き始めないので心配したのだろう。

「なにを訊くべきか、頭の中を整理していただけよ」

アティナはカリオペを安心させようと笑いかける。考え事は後にして、いまはするべきことをしようと改めて紙に向き直ろうとして、気づく。

いつの間にか、左手が首から提げるペンダントを握りしめていた。

アティナは苦笑しながら、左手を開いて自分の瞳と同じ色の宝石を眺める。

「アルセニオスに、なにも起こっていなければいいけど……。忙しい時に呼びつけるんじゃないって、デメトリに怒られるかしら」

ひとりぼやいて、紙にペンを走らせた。


透明の容器に、勢いよく湯が注がれる。容器の底に積もっていた茶葉が押し流され、透明な容器の中を泳ぐ。雪のようにひらひらと舞う茶葉が開くにつれ、湯の色が山吹色《やまぶき》に染まっていく。色が濃くなり、濁るか、濁らないかというところで、茶こしを載せたカップに注がれた。

「はい、どうぞ」

ほんわりと湯気を立てるカップを、ルイスが差し出す。彼がお茶を淹《い》れる様子を食い入るように見つめていたアティナは、白いもやに何度か息を吹きかけてから、口をつけた。

「……ん、おいしい」

アティナがほっと吐息混じりにつぶやくと、ルイスは表情をほころばせた。

ルイスが淹れるお茶は、お世辞《せじ》や、好きな人が淹れたものというひいき目抜きで、本当においしい。いつもアティナのためにお茶を淹れてくれるカリオペや他のメイドたちには申し訳ないのだが、事実なのだから仕方がない。それについては、カリオペも認めていることである。

「不思議です。ちゃんとした茶器を使っていないのに、どうしてこんなにおいしいの？」

そう言って、アティナはルイスの手元をまじまじと見る。

彼が持っているのは、透明な寸胴《ずんどう》容器。つまり、薬の研究に使う容器だ。湯を沸かした火はアルコールランプ。加熱用容器も同じく研究器具だ。

ルイスはいつも、研究器具でお茶を淹れてしまう。それが誰が淹れたものよりもおいしいのだから、不思議なものである。

「お茶の淹れ方、研究と、似てる」

アティナは視線をあげてルイスの顔を見る。先ほどより眉《まゆ》を下げて微笑《ほほえ》みながら、説明を続けた。

「湯の温度とか、茶葉と湯の、割合。あと、蒸す時間。周りの環境も、大事」

「周りの環境？」

「気温とか、湿気とか」

「なるほど」と納得してみたものの、アティナにはとうていまねできないな、と思った。

茶葉と湯の割合などは経験から学べるかもしれないが、気温や湿度なんて、わかるはずがない。せいぜい、いまは春だからぽかぽか暖かいな、くらいである。

お茶を口に含みながら、どうしてルイスには気温や湿気がわかるのかと考える。答えは得られそうにないけれど、そういうことがわかる彼だから、調薬の天才と呼ばれるのだろう。

いま、アティナが優雅にティータイムを楽しんでいるのは、ルイスの研究室だ。一軒家ではなく、城の方である。

アルセニオスへの手紙と毛皮を持って、騎士が山を下りて六日が経っていた。難民受け入れ準備ともしもの備えのため、城内は少し騒がしいけれど、いまのところ問題は起きていない。

いざというときの備えとして、ルイスはここ数日、肥料を作っている。そこへアティナが午後のおやつを持って訪ねたのだ。

薬草などが並ぶ棚《たな》と、作業台、仮眠用のベッドでいっぱいになる狭い部屋には、アティナとルイスのふたりだけしかいない。

普通なら、王女であるアティナが誰かとふたりきりで部屋にこもるなんてあり得ないことだ。

けれどふたりが恋人になってから、使用人たちは気を利《き》かせていまのようなふたりきりの時間を作ってくれる。

もちろん、扉一枚隔《へだ》てた先にはカリオペや騎士が待機しているけれど。

「……ねえ、先生。もしも私が王女じゃなくなったら、どうしますか？」

脈絡《みゃくらく》もなく問いかけると、ルイスは瞬きを繰り返した。

「べつに、変わらない。結婚するだけ」

「でも、私、料理とかできませんよ」

王女云々《うんぬん》以前に、絶望的に料理ができない。

夫を支える妻の基本とも言える料理ができなければ、結婚してもお荷物にしかならない気がする。

「心配ない。料理、俺がする」

「先生が？」

「料理、得意。だよ？」

こんなにおいしいお茶を淹れるルイスならば、きっと料理も絶品なのだろう。それはなんとなく予想ができるが、なぜ疑問系なのか。

首をかしげて上目遣いに問いかけるその姿は、わざとかと訊きたいくらいかわいい。

たやすくときめいてしまったアティナは、なんとなく負けた気がして、ぷっと頬《ほお》を膨《ふく》らませた。

「でも、先生は研究に熱中すると寝食を忘れるじゃないですか」

「うん。だから、そのときは、アティナが教えて」

「それって……お腹がすいたと、言えと？」

「そう。そしたら、研究止めて、作るよ」

ルイスの提案を聞きながら、アティナは想像してみる。

研究をするルイスの背後で、ぼおっとするアティナ。そしてお腹がすくと声をかけ、料理をする彼の背中をやっぱりぼけっと眺めている。

「それって、ただの役立たずじゃない」

あまりの情けなさに、アティナは机に突っ伏した。

「そんなこと、ない。アティナは、料理以外、すればいい」

「料理以外？」と、アティナは顔を上げて考える。料理以外に妻がすることといえば。

「後片付けとか？」

ルイスはゆっくり深くうなずいた。

「俺、ごはん作る。アティナは、食べたあと、片付けて」

「なるほど、分業ですね」

「そう。できないこと、わざわざする必要、ない。得意な人、やればいい。俺、片付け、あんまり得意じゃない」

「あぁ、うん。そうだと思ってました」

アティナは周りを見渡す。ルイスの部屋は、薬草や書類、研究機器がベッド以外の至る所に置いてあり、なにがどこにあるのか、本人以外わからない状態だった。

「時々、自分でも、どこになにがあるか、わからなくなる」

「それ、だめなやつですね。わかりました。私が片付けます」

アティナは領主として、常に状況を把握《はあく》し、問題に対しての解決策を探るようにしている。

まぁ、ある程度はメイドたちがやってしまうため断言はできないが。料理と違い、やってやってくる情報を整理、分類しているためか、整理整頓《せいとん》は得意だった。

上がってくる情報を整理、分類しているためか、整理整頓《せいとん》は得意だった。

自分でも人並みにできることがある。それがわかって、アティナは「ふふふ」と笑った。

「それにしても、どうして、王女じゃなかったら、なんて、言い出したの？」

「なんとなく……です。もしも私が王女として生まれてこなかったら、どんな人生を歩んでいたのかなって、時々考えるんです」

もしも王女として生まれてこなかったら、ルイスがルルディ国へやってくることなどなくて、それどころか、満足に医者に診《み》てもらうことすらできず、生きていられなかっただろう。

「先生、私って、たくさんの幸運のおかげで生きながらえているんですよ」

もしも王女でなかったら。もしも父がアティナの命をあきらめていたら。もしもアレサンドリ神国が魔術師を派遣してくれなかったら。もしも、ルイス以外の魔術師がやってきたら。たくさんの幸運が重なった先に、いまのアティナがいる。

「だから、ね。私は私を生かしてくれた幸運たちに報いるような、命の使い方をしたい」

「アティナ……?」

不安げに瞳を揺らすルイスへ、アティナは屈託《くったく》のない笑顔を向ける。

「そのせいで、先生や町のみんなには迷惑をかけてばかりなんですけどね。いつかちゃんと恩返しできるよう、頑張ります!」

握った拳《こぶし》を掲げて宣言すると、ルイスがその手をつかんだ。

「いつか、この国が落ち着いて、アティナが、自由になったら……残りの時間、俺に、ちょうだい」

「残りの、時間?」

ルイスの新月の夜を思わせる瞳が、アティナを射貫《いぬ》く。

「難民が、ひとりもいなくて、この町のことも、誰かに、託せるようになったら…………俺と一緒に、アレサンドリで、生きよう」

フィニカの町を、誰かに託す。それは領地と、それに不随《ふずい》する爵位を誰かに譲《ゆず》るということで。

つまり、アティナが王女という立場から解放されるということ。

アレサンドリ神国で、生きる。

ルイスは、何者でもないアティナを求めてくれるのだ。

好きな人が自分を求めてくれている。奇跡のような出来事がうれしくてうれしくて、アティナは震える声で言った。

「先生……大好きです」

「俺も、大好き。早く、結婚して、子供に領地、あげようね」

いやに具体的な未来予想に、アティナは顔を真っ赤にして絶句する。

それを見たルイスは「かわいい」と言って、熟《う》れた果実みたいに赤いアティナの頬へ、口づけを落とすのだった。


「王女様、火急《かきゅう》の用件があります」

クリストが、押し殺すような低い声で部屋を訪ねてきたのは、その日の夜だった。

アティナはもうすでに眠る用意をすませ、燭台《しょくだい》の火を消してカリオペを下がらせようか、と思っていたところである。

火急の用件。そんなもの、中央で起きているなにかについて以外思い浮かばなくて、アティナはカリオペから受け取ったショールを羽織《はお》り、寝室から出た。

アティナの部屋は、就寝や着替えなどの身支度《みじたく》を行う寝室と、親しい人を招く応接間も兼ねた居間に別れている。

居間で待っていたクリストの思い詰めた表情を見て、アティナはよくないことが中央——王都で起こっているのだと悟る。

アティナがダイニングの椅子《いす》に腰掛けるのを待って、クリストは口火を切った。

「反乱です。王城が、落ちました。首謀者《しゅぼうしゃ》は……アルセニオス様です」

「反乱……」

アティナは目を瞠《みは》る。その背後で、カリオペが小さく悲鳴をあげていた。

反乱が起こったのかもしれない。その可能性は考えていた。しかし——

「そんな、まさか……アルセニオスに限って」

どうしても信じがたい。アティナは額に手を添えながらうめくように漏《も》らす。

アルセニオスは忠義の人間だ。王家の悪政を嘆《なげ》き改善は試みるとしても、まさか王家に反旗《はんき》を翻《ひるがえ》すなんて。

「信じられないかもしれませんが、事実なのです。バリシア領主から知らせがありました。アルセニオス様を中心とした騎士団が王城を瞬く間に制圧したそうです。その後、王都を完全封鎖されたため情報収集に手間取り、やっと事実確認ができたと言っております」

「国王陛下は？　叔父様《おじさま》たちはどうなったの!?」

緊急時こそ、冷静でいなければ。わかっているのに、不安ゆえか声が強くなる。

クリストは表情をゆがめて歯を食いしばりながら、答えた。

「国王陛下は……その場で、処刑されたそうです」

引きつった悲鳴が背後のカリオペから漏れる。だが、衝撃はそれだけで終わらなかった。

「王太子殿下をはじめとした、王家の方々は、全員処刑されたそうです」

「全、員……そんな、まさかっ……アルセニオスの奥様も？」

アルセニオスは、叔父の娘、第一王女を妻に迎えている。だからこそ、彼が王家を裏切ることはない。そう思っていたのに。

否定してくれ。そう願いながら口にした問いに、クリストは無情にもうなずく。

「アルセニオス様は、ご自分の妻となった王女殿下も処刑されたそうです」

「お、王女様っ……」

耐えられなくなったカリオペが、アティナにしがみつく。彼女を落ち着かせるように両腕で抱きしめながら、視線はクリストから離さなかった。

「いま、生き残っている王族は、王女様、あなただけです」

世界にひびが入るような衝撃を、アティナは目を閉じて受け止める。

身体《からだ》が震えているように感じるのは、カリオペがしがみついているからか、自分自身が震えているからか。

もう、わからなかった。

「……アルセニオスへ、書状を、送ります」

どれだけそうしていたのだろう。目を閉じて衝撃に耐えていたアティナは、そう言って、瞼《まぶた》を開いた。

緊張からか、いつになくはっきり映る視界に、白い顔のクリストがいた。

「王女様からわざわざ動かなくとも、おそらくは、向こうからなにか接触があるかと」

王都を封鎖していたのは、王都を完全に掌握《しょうあく》するまで情報を外に漏らさないようにだろう。

バリシア領主が情報をつかんだということは、王都の封鎖が解かれたと考えられる。つまり、王都の掌握が終わったのだ。

次の一手は、各領主へ書状を送ること。王都で起きた事実を伝え、帰順を促すはず。

「アルセニオスが私たちへの対応を決める前に、伝えなければならないことがあるの」

「なんと、伝えるおつもりですか」

「もちろん、私たちに敵対する意志がないことを伝えます。領民の命と生活を保障してもらえるならば、私の命を差し出しても構いません」

「王女様っ……」

カリオペがすがるように声をあげる。しがみつく手に力をこめた彼女へ、アティナは笑顔を向けた。

「私は、この町の領主です、領主として、領民の命を守らねばなりません。そのために、できうる限りのことは行いましょう」

王都でなにかが起こっている。そう聞いたときから、覚悟は決めていた。ただ、アルセニオスが反乱を起こすとは思いもしなかったけれど。

アティナが知るアルセニオスは、情に厚い優しい人だった。そんな彼が、政略結婚とはいえ妻となった女性とその家族を手にかけた。

いまだに信じい難いことだけれど事実ならば、あの穏やかなアルセニオスが非情な手段に出なければならないほど、この国は荒れ果てていたのだろう。

アティナは首から提げるペンダントを握りしめ、長い長い息を吐く。

「……大丈夫よ。アルセニオスならば、むやみに命を奪うようなことはしないでしょう。騎士にとって、民は守るべきものなのだから」

ただ、その民の中に自分が含まれるかどうかはわからない。

アティナは、国を荒廃させた王家の人間だ。たとえ彼女自身はなにもしていなくとも、民衆の怒りを鎮《しず》めるために処刑されたっておかしくはない立場である。命が助かったとしても生《しょう》涯幽閉《がいゆうへい》くらいにはなるだろう。

最後の王族であるアティナの命をどう扱うのか、決める権利は自分にない。でも、せめて、自分を今日まで支えてくれた人々を守るために使いたい。

「カリオペは、書状を書く準備を。クリストは団長を連れてきて」

「たたき起こしてきます」と答えて、クリストは部屋から出て行く。その背中を見送ってから、カリオペは立ち上がった。

自分を包んでいた温もりがなくなって、アティナはさきほどまでカリオペの背に回していた手を見る。小刻みに震えるその手を握りしめると、向こうに映るテーブルに、紙とインクが置かれた。

はっと顔を上げれば、カリオペがペンを差し出している。

彼女の顔は涙で濡《ぬ》れていて、何度も鼻をすすっているけれど、ただ黙って、ペンを渡した。

「ありがとう、カリオペ」

ペンを受け取って、そう笑えば、カリオペはひどくゆがんだ顔を両手で隠し、声を殺して泣き始めた。

アティナの命を惜しんでくれる人がいる。そして、惜しみながらも、アティナの意志を尊重してくれている。

尽くし、支えてくれる人たちのためにも、アティナはアルセニオスへの書状を書いた。

ひとつ、自分たちにアルセニオスと敵対する意志はないこと。

ふたつ、アティナに命乞《いのちご》いをするつもりがないこと。

みっつ、領民の命と権利を守ってくれるのならば、どんな条件でも受け入れること。

それらを書き記した書状を、アティナは団長が連れてきた騎士に渡し、その夜のうちに騎士は町を発《た》った。


書状を送って、ひと月が過ぎた。

いまだに、アルセニオスからの返答どころか、書状を持っていった騎士すら戻ってきていない。いつもなら、アティナが書状を送ってから二週間、遅くとも一カ月以内にデメトリがやってくるはずなのに。

もしかしたら、王都周辺の混乱を治めるのに時間がかかっていて、返答するだけの余裕がないのかもしれないが、だとしても、書状を持って行ったフィニカの騎士が戻ってこないのはおかしい。

現状を把握《はあく》するためにも情報を集めようとするのだが、バリシア領主からはなにもわからないという返答しかもらえないし、クリストの父へ書状を商人経由で送ってみても返事がない。ならば直接情報を得ようと騎士の一部を領地外へ放ってみたものの、いまはどこの領地も厳戒態勢で人の行き来を規制しているらしく、バリシア領から外へ出ることは叶わなかった。

バリシア領から出られなければ、隣国を通る以外に外へは出られない。八方ふさがりかと思われたとき、アティナはあることに気づいた。

人の行き来が規制されているこの状況でも、難民たちはフィニカの町を訪れていたのだ。彼らはバリシア領よりさらに外からやってきている。王都の状況はわからなくとも、バリシア領の外の様子はその目で見て知っているだろうと話を聞くことにした。

「騎士たちが話した通り、どの領地でも人の行き来が制限されているそうです。街道はどこも封鎖されて、行商人ですら厳しい検閲《けんえつ》を受けてからでないと移動できないと言っていました」

クリストの報告を聞いたアティナは、バリシア領主が意図的にアティナたちを閉じ込めているわけではないとわかり、僅《わず》かな安堵《あんど》を覚えながらも、当然の疑問を口にする。

「街道が封鎖されているというのに、彼らはどうやってここまで来たというの？」

「道なき道をゆき、山や森を突っ切って歩いて来たそうですよ」

なるほど確かに、道をあえて通らなければ領地をまたいで移動することも可能だろう。ただ、命の危険がぐっと高くなるが。

「その場にとどまって死を待つくらいなら、僅かな可能性にすべてをかける……それほどまでに、みんな追い詰められているのね」

「彼らが住んでいた場所のほとんどが、国王派の貴族たちが治める土地のようで、一部では、アルセニオス様率《ひき》いる軍と戦《いくさ》が起こっているようです」

「戦……」と顔を青ざめさせるアティナへ、クリストはうなずく。

「アルセニオス様は、王族だけでなく、王家にこびへつらい甘い汁を吸った貴族たちも許すつもりはないのでしょう」

「……バリシア領主は、国王派だったかしら」

「どちらとも言えません。こちらの動きを監視していた可能性はありますが、フィニカとバリシア領は良好な関係を結んできたと思います。実際、物流が滞《とどこお》ったりフィニカとつながる街道を封鎖したこともないですし……」

アティナは以前、追加徴税が行われたときのことを思いだす。税収が下がっていたとはいえ、アティナに対する嫌がらせのために追加徴税など行う輩《やから》たちなら、それ以前に人の行き来を止めるようバリシア領主に命じていてもなんら不思議ではない。しかし、行商人は変わらずフィニカの町を訪れていた。つまりバリシア領主は王家にこびへつらってはいなかったのだろう。

「バリシア領主に関しては、ひとまず信用してもいいでしょう。とにかく今は、アルセニオスと連絡を取りあうことが重要だわ。彼がなにを考え、行動しているのか、まったくわからないのだもの」

アティナは苦しそうに眉《まゆ》をひそめながら、ペンダントを握る。

卵型の宝石を金の装飾がくるむこのペンダントは、昔、アルセニオスが贈ってくれたもの。深緑の宝石を使った、これとまったく同じデザインのペンダントをアルセニオスも持っている。兄弟のいないアティナにとって、アルセニオスは兄も同然だった。アルセニオスだって、アティナを妹のように想ってくれている。その証《あかし》が、このペンダントだと思っていた。

けれど、いま、その絆《きずな》がとても独りよがりなもののように思えて仕方がない。

書状を持って行った騎士が戻らない。返事もない。聞こえてくるのは、アルセニオスが強硬な姿勢で粛清《しゆくせい》を進めているということ。

王族だけでなく、国王におもねって国を食い物にした貴族も根絶やしにしなければ、旧体制からの革新は成せない。頭では分かっている。だけど、心がついていかない。

信じたいのに、もしかして彼は本当に変わってしまったのかと不安になる。

自分たちを取り巻く状況が分からないから。なにも見えないから、疑ってしまう。

「行商人が動けるならば、彼らに手紙を託しましょう」

「…………そう、ですね。いまはそれ以外に方法はありませんし、そうしましょう。騎士を呼んできます」

クリストが部屋をあとにすると同時に、部屋の隅で控えていたカリオペが書状を書く準備をする。彼女からペンを受け取ったアティナは、以前の書状と同じ内容を書き記しながら、思う。アルセニオスの考えも、領地の外の様子も、誰が敵で誰が味方なのかもわからないこの状況は、まるで濃霧《のうむ》の中みたいだ、と。

透明な寸胴《ずんどう》容器から、白い湯気がのぼっている。アティナがふっと息を吹きかければ、白い靄《もや》は拡散するけれど、すぐに次の湯気がのぼってきて意味がない。

「なんだか、いまの状況にそっくり」

思わず、苦笑交じりにそうこぼすと、白い靄の向こうに見える紺《こん》色の影――ルイスが、わずかに首を傾《かし》げた。

「アティナ、いま、熱いの？」

「いえ、そっちじゃないんです。この、真っ白い湯気が霧みたいだなと思って」

ルイスの研究室で日課となりつつあるお茶をごちそうになりながら、アティナはいまの現状が霧の中のようになにもわからないことを話す。アレサンドリ神国からの大切な客人に、こんなきな臭《くさ》い話をするのはいささか問題であるため、いままでこの話題に関しては触れないようにしていたのだが、不安のあまり弱音を吐いてしまった。

黙って聞き役に徹していたルイスは、アティナが一通り話し終えたところで、口を開いた。

「アティナは、どうしたいの？　アルセニオス、信じたい？　信じたくない？」

信じられるか否《いな》かではなく、信じたいか否かで判断するならば、アティナの答えはひとつだ。

「信じたい、です」

ペンダントをきゅっと握りしめて、アティナは答える。

アティナにとって、アルセニオスは優しい兄だ。それは変わらない。

けれど、不安になるのだ。もしかしたら、アルセニオスはもう、自分が知っている彼とは違うのかもしれない、と。

妻を含めた王族の処刑も、王家に与《くみ》した貴族たちに対する苛烈《かれつ》な粛清も、アティナの知るアルセニオスには行えない。そんな激しい人間じゃない。

だけど、国王とその一派を権力の座から引きずり降ろさなければ国が崩壊する。そこまで追いつめられていたからこそ、民を慈《いつく》しむアルセニオスは立ち上がったのだ。

じゃあ、そのあとは？

引き戻せない茨《いばら》の道のりの中で、彼自身が変質しないとなぜ言い切れる？

「アルセニオスのこと、信じたい。でも、信じられないんですっ……」

震える声で本心を吐露すれば、テーブルを挟んで向かいに座るルイスが、手を伸ばしてアティナの頭を撫《な》でた。薄紅《うすべに》色の髪をすべる手に思わずすり寄れば、その手が頬《ほお》まで下りてきた。

「信じたい、なら、信じればいい。アルセニオスは、きっと、悪い人間じゃない。信用しても、大丈夫」

アティナは頬を包む手に自分の手を重ねながら、「そう、なんでしょうか……」と視線を落とす。すると、触れる手の親指が頬を撫でた。

「アルセニオスは、俺、会ったことないから、わからない。でも、デメトリは、知ってる。デメトリ、言うことは厳しいけど、信頼できる。だから、デメトリが付き従うアルセニオス、きっと、悪い奴じゃないよ」

ルイスの言葉を聞きながら、アティナの頭の中に立ち込めていた霧が晴れていく。

彼の言う通り、アルセニオスは反乱を起こす直前まで、フィニカの町へデメトリを遣わしていた。国王に追加徴税を行われたと知ったときも、町のことを心配してデメトリがやってきた。

少なくともあの時点では、アティナのことを親身に考えてくれていたということだ。

あの日から二カ月以上も経っているけれど、二カ月くらいで人が変わることはないだろう。

そう、そうだ。アルセニオスはやっぱり、アティナが知る彼で間違っていない。いまはただ、混乱のせいで連絡が取りあえないだけで、きっと、もう少し待てば、デメトリがやってくるはず。

「ありがとうございます、先生。おかげさまで、迷いが晴れました」

そう言って、頬に触れる手にすり寄れば、ルイスは「よかった」と微笑《ほほえ》み、もう一方の手も持ってきてアティナの顔を包んだ。

近づいてくる漆黒《しっこく》の瞳に気がついて瞼《まぶた》を下ろすと、唇に、柔《やわ》らかなぬくもりが触れる。

唇が離れてもなお、至近距離で見つめ合い、どちらからともなく笑みを浮かべる。胸の中の不安はいつの間にか溶けて消え、幸福感で満たされる。

そんな。幸せをかみしめるアティナをあざ笑うかのように――

バリシア領主から、不穏な知らせが届いたのだった。


「アルセニオスが……人質として、先生の身柄を要求している……？」

バリシア領主から届いた書状を読んだアティナは、その驚愕《きょうがく》の内容に全身の血の気が引くのを感じた。

書状によると、王都を掌握《しょうあく》したアルセニオスは各領主へ向け帰順を促す書状を送ったらしい。それに従わなかった者、または国王におもねって国政を乱した者たちに対しては、容赦《ようしゃ》なく軍を動かしているという。

そんな強硬な姿勢を見せるアルセニオスがアティナに望んだこと。

それは、死による償《つぐな》い——処刑だ。

たとえ辺境の地に追いやられ、国政になんの影響力がなくとも、王族である以上、国を混乱に陥《おとしい》れた責任をとらなければならない。王家を根絶やしにする。そうしなければ民衆の感情を抑えることができないほどに、この国は荒れ果てているのだろう。

アティナの処遇についてはいい。いや、本音を言うと死にたくはないが、王家の人間である以上、それ相応の罰を受けねばならないことは覚悟していた。

しかし、ルイスに関しては黙ってなどいられない。アレサンドリ神国の厚意によってルルディ国へやってきた彼の身柄を拘束《こうそく》し、あまつさえ人質にしようなどと、いったいなにを考えているのか。

アレサンドリ神国とルルディ国は比べるのもおこがましいほど国力の差があり、それこそ赤子の手をひねるように、アレサンドリ神国はルルディ国をつぶしてしまえるだろう。王太子妃の兄であり、数多《あまた》の薬を開発して国に貢献してきたルビーニ家の人間であるルイスと、ルルディ国王家なら、ルイスの命の方が優先される。それほどまでに、アレサンドリ神国は周辺国でも別格だった。

そんなルイスの処遇を、アルセニオスの意思でどうこうしていいはずがない。

常に王家に忠誠を捧げ、傍《かたわ》らに静かに控えていたアルセニオスらしからぬ傲慢《ごうまん》な考えに、アティナの視界が赤く染まる。書状をつかむ手に力がこもり、クシャリと音を立てて歪んだ。

「王女様。落ち着いてください。書状には、なんと書かれていたのですか？」

クリストの声にはっと我に返り、アティナは書状から顔をあげる。

目の前にはクリストと団長が追い詰められた表情で立ち、部屋の隅で控えるカリオペは不安そうに両手を握りしめている。

そして、アティナの斜め後ろには、ルイスが寄り添うように立っていた。

執務椅子《いす》に腰かけていたアティナは、クリストたちにも見えるよう、書状を机に広げた。

「アルセニオスが、先生の身柄拘束と、私の処刑を望んでいるそうよ」

「王女様を処刑!?　そんな……王女様がどうしてそのような目に！」

クリストが思わず声を荒げると、部屋の隅で控えていたカリオペが身体《からだ》を強張《こわば》らせた。

「私のことはいいのです。受け入れられないのは、先生について。アルセニオスは、先生を人質にしてアレサンドリ神国に新政権を認めさせるそうよ。つまりは人質ね」

「ルイス先生を遣わしてくださったアレサンドリ神国に対して、脅迫《きょうはく》などと……なんと卑劣《ひれつ》な！」

憤慨《ふんがい》する団長に、アティナは「そのとおりね」と冷たく言い放つ。

「先生の自由を侵害する権利など、この国の人間にありはしないというのに」

淡々と語る言葉とは裏腹に、アティナの身の内ではふつふつと怒りが燃え滾《たぎ》っている。それを感じ取ったのか、ルイスが落ち着かせるように肩に手をのせた。わずかながら冷静さを取り戻したアティナは、荒れくるう心を鎮めるために、ふうと息を吐く。

「バリシア領主は、私と先生に隣国への避難をすすめてきたわ。どうやら、バリシア領主は隣国とつながっていたようね」

本来、領主が隣国と個人的につながりを持つなどと、あり得ないことだ。他国の挙兵に合わせて兵を動かされたらひとたまりもないし、国内の重要機密が漏《も》れる可能性もある。だというのに、バリシア領主は隣国とつながっていて、しかもアティナとルイスを逃がそうという。

「……王女様は、どうされるおつもりですか？」

「そんなもの、決まっているわ。私はこの町の領主です。領民を見捨てるなんて、絶対にありえません」

「アティナが、ここに残るなら、俺も、残る」

アティナの肩にのせる手にわずかに力を込めて、ルイスも宣言する。それを聞いて、アティナはほっとした。この状況でルイスの身柄を預かろうだなんて、怪しすぎる。

「城門を、補強しようと思います」

静かに告げられた言葉に、クリストや団長が目をむいて固まる。先に衝撃から立ち直ったのは、年の功か、団長だった。

「……アルセニオス様と、戦うつもりで？」

「いいえ」と、アティナは即答する。

「私に、アルセニオスと敵対する意志はありません。けれど、守らなければならないものがあります。いまは誰が敵で誰が味方なのかわからない以上、最低限の備えはしなければなりません」

やっと立ち直ったクリストが、「ですが……」と口を挟む。

「下手に守りを固めると、戦うつもりだと勘違いされかねません」

「そうならないよう、もう一度、アルセニオスへ書状を送ります」

「書状なら、何度も送ったじゃないですか！」

団長がたまらず叫ぶと、隣に立つクリストが「まさか……」と目を見開いた。

「今までの書状が、届いていない……そう、お考えなのですか？」

クリストの問いに、アティナは首を縦に振る。

「私の書状だけじゃない。おそらくだけど、アルセニオスからの書状も届いていないのよ。だって、ほら、ここに書いてあるじゃない。『アルセニオスは各領主に帰順を促す書状を送った』と。私はフィニカの領主よ。書状が届かないのはおかしいわ」

「王女様は、バリシア領主が暗躍していると？」

「そんな大それたことを、あの領主がしますかね。日和見主義《ひよりみ》で自分ではなにも決められない男だと記憶していますが」

団長の評価は非常に辛辣《しんらつ》なものだが、彼が一番、バリシア領主と付き合いが長い。アティナの父が存命だったころから知っているのだから、いかに時勢によって態度を変容させてきたのか、すべて見ているだろう。

「あなたがそう評価するのなら、きっとそうなのでしょうね。でも、バリシア領主以外にも、たくさん暗躍しそうな人たちがいるんじゃないかしら」

「……アルセニオス様の周りに、王女様を排除《はいじょ》したいと考える輩《やから》がいる。そうお考えなのですね」

クリストは歯をきしませながら、絞《しぼ》り出すように言った。

アルセニオスに与《くみ》する貴族の中に、アティナの排除をもくろむものがいてもおかしくない。いや、ほとんどがそうなのではと思う。

アティナの立場が、とにかく微妙すぎるのだ。正当な王位継承者でありながら、脆弱《ぜいじゃく》な身体ゆえに王位を継げず辺境に追いやられた、なんの力もない王女。もしもアティナが男であったなら、国王打倒の旗印に掲げられたかもしれないが、女であるためその役すらままならない。使い道がない王族など、連座で処刑してしまうのが簡単で安全だ。だというのに、アティナとアルセニオスは幼い頃より面識があり、いまでも交流が続いている。

下手に降伏されるくらいなら、このまま反逆者として葬《ほうむ》り去りたい。そういうことだろう。

「このまま、敵の策にはまるつもりですか?」

「いいえ。そうならないためにも、アルセニオスに書状を届けるの」

「ですが、もし、これが誰かの策なんかじゃあなく、アルセニオス様の本心だとしたら？」

団長の心配は、アティナも考えたことだった。でも、答えもすぐに浮かんだ。

「私は、アルセニオスを信じます。先生が、教えてくれました。大切なのは、信じたいかどうかだって。私は、アルセニオスを信じたい」

アティナは首から提げるペンダントを両手で掬《すく》い上げ、自分の瞳と同じアイスブルーの宝石を見つめる。

このペンダントは、幼いアティナが療養のため、ひとりでフィニカの町へ向かわなければならなかったとき、アルセニオスが渡してくれたものだ。

『王女様、たとえ離れていても、私たちはつながっております。なにかあれば、手紙を書いてください。なにがあろうと、必ずはせ参じます』

深緑の宝石を使った、同じデザインのペンダントを首に提げて、アルセニオスは不安がるアティナをそう慰《なぐさ》めた。あの日の約束の通り、アルセニオスはアティナが書状を送れば必ずはせ参じてくれた。彼の父親が亡くなり、自分自身が動けなくなってからも、デメトリをよこしてくれた。

ふいに、横から手が伸びてきて、アティナの両手を包み込むように握りしめる。驚いて顔をあげれば、ルイスが優しく微笑んでいた。

「アティナが信じるなら、俺も、信じる。大丈夫。なにがあろうと、アティナは、死なせない」

「先生……」

見つめ合うふたりに、団長が「あああぁぁっ、もう!」と叫んで頭をかきむしる。

「王女様がそう決めたんなら、俺は守るために頑張るだけだ! 書状を運ぶ手配をしてきますから、王女様は書状の用意をしておいてください」

「俺も……作りたい薬、できた。アティナ、また、後でね」

団長とルイスが部屋を出ていき、カリオペが書状を書く準備に取り掛かる。彼女からペンを受け取りながら、アティナは残ったクリストに話しかけた。

「クリスト、バリシア領主に邪魔されずに書状を渡す方法はある?」

「少々危険ですが……ここへたどり着いた難民たちのように、道なき道を通ります」

主な街道は各領地の騎士が封鎖している。それらをかわして領地をまたぐには、山や森を突っ切るしかないだろう。

「バリシア領主をかわせたとして、問題は、アルセニオスの手にどうやって私の書状を届けるか、よね」

たとえ王都まで騎士がたどり着けたとしても、アルセニオスに書状が渡らなければ意味がない。アルセニオスの周りにいる貴族の誰かがアティナの排除をもくろんでいるなら、書状を握りつぶしてしまうだろう。

「……それなら、私の父に手を貸してもらいましょう。父はああ見えて、前国王の覚えもめでたい人間でした。アルセニオス様のお父上とも親交があったと聞いております。おそらくは、アルセニオス様ともつながりがあるでしょう」

クリストの父親は、爵位は子爵とあまり高くはない。だが、その有能さと誠実さをアティナの父に買われ、愛娘《まなむすめ》アティナがフィニカの町で療養する際、財政をはじめとした全体の取りまとめを彼に任せたのだ。父がアティナに会うためにフィニカの町を訪れた際、アルセニオスや彼の父が護衛についていたこともある。面識があるとみて間違いないだろう。

皮肉なことに、アティナの父に気に入られていた分、王位を継いだ叔父《おじ》からは敬遠されたが。それでも、クリストの父の誠実さは叔父なりに評価していたのだろう。クリストの父が治める領地は海に面していて港もある、国内でも重要度の高い土地だ。

「港…………ねぇ、クリスト。あなたのお父様に、もうひとつお願いしたいんだけど……」

アティナは思いついた策を口にする。話を聞いたクリストは驚き、表情を曇らせた。

「時間はかかるでしょうが、可能だと思われます。ですが……王女様は、それでよいのですか?」

気遣うクリストへ、アティナは笑ってうなずく。

「私はね、大切な人を守りたいの。そのためならば、私の命を差し出したって構わないわ」

迷いなく答えるアティナを見て、クリストは黙って顔をそらす。そして、眼鏡《めがね》をはずして目元をぬぐうと、「わかりました……」と答えて前へ向き直った。

「王女様の望み、必ず、叶えてみせます」

赤くなった目を隠すように眼鏡をかけて、そう宣言すると、クリストは部屋を出ていった。

最後まで残ったカリオペに見守られながら、アティナはアルセニオスへの手紙を書く。

アルセニオスと敵対する意志がないこと。

何度も書状を送っているのに、なんの返答も得られず戸惑っていること。

各領主へ送ったという帰順を促す書状が届いていないこと。

バリシア領主が隣国と繋《つな》がりを持っていること。

それから――


一夜明け、フィニカの町は慌ただしく動き出す。緑に囲まれたのんびりとした町の空気が嘘のように、張り詰めた緊張感の中、皆が皆、落ち着きなく動き回っている。

町で暮らす男たちは、全員、城門の補修に駆り出されていた。

フィニカの町には、城門がみっつある。

アティナが暮らす城と町を区別する、鉄柵《てつさく》製の城門。

町と外界をつなぐ吊り橋を隔《へだ》てる城門。

そして、吊り橋と外界を隔てる城門だ。

城門だけでなく、城の出入り口も補強しておく。

いざというとき、領民たちを城内へ避難させなければならないから。


アルセニオスに書状を送って、ひと月が過ぎた。

冬の終わりを喜んでいた花たちは儚《はかな》く散り、若葉が輝きを増した太陽に祝福されている。

季節は春から初夏へ移り変わろうとしていた。

アルセニオスへの書状をクリストの父へ運んでいった騎士は、まだ戻ってきていない。道なき道を進んでいるだろうから、どれだけ時間がかかるのか予想もつかない。もうとっくの昔に届け終えているかもしれないし、まだどこかを彷徨《さまよ》っているかもしれない。

どちらにせよ、アティナには信じて待つことしかできない。


バリシア領主とアルセニオスの間でとうとう戦《いくさ》が起こった。日和見でなんとか今日まで地位を維持してきた領主だが、そのやり方はアルセニオスには通用しなかったようだ。

フィニカの町は高い山にぐるりと囲まれているため外界の様子はわからない。でも、時々遠くから鬨《とき》の声が聞こえる気がする。そのたびに、アルセニオスの軍がついにこの町まで攻めて来たのかと背筋が凍った。


アティナは町に出ていた。ルイスを隣に、カリオペを斜め後ろにつれて。

見つめる先にあるのは、町と吊り橋をつなぐ、城門。

吊り橋をふさぐように櫓《やぐら》が建ち、その真下に門がある。櫓から吊り橋へ向けて矢が放てるようになっており、まったく同じ造りの門が吊り橋と外界を隔てている。

櫓は町を囲う城壁と同じ石造りだが、門は木製である。ここ数十年、夜に不審者の侵入を阻《はば》むだけが仕事だったため、見かけ倒しな代物《しろもの》となっていた。

男手総出ですべて造り直したわけだが、その際、難民受け入れの準備で伐採《ばっさい》していた木材が大変役に立った。

人を受け入れるために用意した木材が、人を拒《こば》むために使われるというのは、なんとも皮肉な話である。

丸太をいくつもつなげて作った門には、現在、茶色い液体が塗り込められている。なんでも、燃えにくくなるそうで、ルイスが発明したものだった。

「先生、ありがとうございます。肥料《ひりょう》の製造だけでなく、城門の強化もしていただいて」

「気にしないで。俺も、この町の人間。だから、精一杯努力する」

ルイスはアティナの手を握る。顔を上げたアティナも、見つめ合いながらその手を握り返した。

「アティナ、大丈夫。俺が、守るから」

「先生……」

アティナがアルセニオスへ宛《あ》てた書状に、なんと書いたのかルイスは知らない。

だから、アティナがアルセニオスになにを告げ、なにを望んだのか知るはずもない。

それなのに――

「絶対、守るから」

ルイスはまるで言い聞かせるように繰り返して、アティナを抱きしめる。

「俺を、信じて」

大切なものを両腕の中に閉じ込めて、決して手放しはしない。

伝わる熱から、悲壮さがにじむ声からルイスの決意を感じて。

『いつだって、信じてます』

あの日の答えは、口にできそうになかった。

数日後、アルセニオスの使者として、フィニカの町へ、デメトリがやってきた。アルセニオスの私的な使者として、何度となくフィニカの町を訪れていたころ、彼はいつもひとりきりで行動していた。

しかし、今日、アティナの前に現れたデメトリは、その傍《かたわ》らに騎士を四人つれている。ルルディ国の新しい王、アルセニオスの正式な使者として、彼はここにいるのだ。

公務であるからには、迎える側であるアティナもふさわしい対応をしなければならない。いつもはアティナの執務室に通していたが、今日は、滅多《めった》に使わない謁見《えっけん》の間へ通した。

フィニカ城は城とは名ばかりの屋敷であるため、謁見の間も王城のような立派なものではない。せいぜい、広間奥の三段ほど高いところに、豪奢《ごうしゃ》な領主の椅子《いす》が設置してあるだけである。

アティナは壇上《だんじょう》から降りて両膝を折って座り、顎《あご》を引くように頭を垂れてデメトリを迎えた。謁見の間へ入ってきたデメトリは、アティナの様子を見てしばし呆然《ぼうぜん》としたものの、すぐにため息をついて頭を振った。

「なんの真似《まね》ですか」

王族が膝をつくだなんて、本来ならあってはならないことだ。デメトリが戸惑うのも仕方がない。けれど、今回の交渉はアルセニオス側の慈悲《じひ》で成り立っている。王族だからと、ふんぞり返っているわけにはいかない。

「ようこそおいでくださいました、新王の使者よ。我々は自衛こそすれ、あなたがたと敵対するつもりは毛頭《もうとう》ございません。このたび、交渉の機会を与えてくださったこと、感謝します」

城門の補強はあくまで自衛のためであり、交渉を望んでいる。という意味で語り掛ければ、デメトリは「姿勢を正してください」と声をかけた。

「私たちは別に、あなたを這《は》いつくばらせたくてここへ来たわけじゃないんですよ。その体勢は、身体《からだ》に負担がかかるでしょう。どうぞ椅子に腰かけてください」

デメトリに促されて立ち上がると、斜め後ろから手が差し出された。振り返るとルイスがおり、彼に導かれる形で領主の椅子に腰かけた。ルイスはそのままアティナの斜め後ろに控える。

謁見の間には、アティナとルイス、デメトリのほかに、クリストと団長が壇上の脇に控え、デメトリが連れてきた四人の騎士は彼の背後で横一列に並んでいた。

壁の左右に整列するフィニカの騎士たちが毛皮を纏《まと》っているのに対し、デメトリが連れてきた騎士たちは、鈍色《にびいろ》の全身鎧《よろい》を纏っていた。王女の御前だというのに甲を外さないのは、彼らはデメトリの護衛であって、この会談に割り込まないただの背景である、という意思表示だろう。

「アティナ王女殿下に拝謁できたこと、誠に喜ばしく思います。こちらから書状を送ったのですが、なんの返答も得られませんでしたので、なにかあったのかと心配いたしておりました」

やはり、アルセニオスから書状は出されていた。ここまで来てやっと知り得た事実に、アテイナはわずかな安堵《あんど》を覚えつつも、すぐに気を引き締めた。

「それはそれは、申し訳ありませんでした。けれどもおかしなことに、こちらから書状を送ったことは数あれど、新王からの書状は一切届いておりません」

「なんと……どうやら、我々の接触を妨害《ぼうがい》した者がいるようですね。誠に遺憾《いかん》ではございますが、アルセニオス様が新王として立たれたとはいえ、まだまだ混乱も残っているのが現実でございます。殿下が無駄な争いを避け、我々の声に耳を傾けようとしてくださったこと、感謝いたします」

一応は、アティナの言い分を信じてくれたようだ。けれども、従わなかったら容赦《ようしゃ》なくひねりつぶすと脅《おど》すことも忘れない。さすがデメトリ。性格が悪い。

山を抜けた先に、アルセニオスの軍が待機していることは知っている。

バリシア領主を退けた軍は、王都へ戻ることなく進軍してきたのだ。歴戦をくぐり抜けた軍を相手に、自警団に毛が生えた程度の騎士団しか持っていないアティナが勝てるはずがない。たかだか辺境の小さな町を相手に、ずいぶんと仰々《ぎょうぎょう》しいことである。それだけ彼らにとってアティナが邪魔なのか。それとも、ルイスが欲しいのか。もしかしたら両方かもしれないな、とアティナはのんきにも思った。

いまにもはじけ飛びそうな緊張感の中、デメトリが胸元から取り出した書状を、恭《うやうや》しく掲げ持つ。

「こちらが、アルセニオス陛下からの書状です」

アティナが黙ってうなずくと、脇に控えていたクリストがデメトリのもとまで歩き、彼に負けない恭しさで書状を預り、運んでくる。

書状を受け取ったアティナは、王家の紋章が刻印された封蝋《ふうろう》を解き、広げた。

記憶と寸分違《たが》わない、潔《いさぎよ》く、それでいて堅いアルセニオスの文字を読み進めるにつれ、アティナはみるみる顔色をなくす。

アティナの様子の変化を見て、その場に居合わせた者たちが不安に駆られる中、デメトリは口を開いた。

「フィニカの領民、および難民の投降を受け入れる。ただし、アティナ王女殿下は領地を没《ぼっ》収《しゅう》し、その身柄を王都へ移送。また、ルイス・ルビーニの身柄も王都へ移させてもらう」

謁見の間、どころか、廊下《ろうか》にまで響き渡るだろう大声で、デメトリがアルセニオスの意志を宣告する。

クリストや、ルイス、騎士たちが衝撃を受ける中、アティナは目元を覆《おお》ってうなだれた。

アルセニオスの要求は、バリシア領主があらかじめ伝えてきたこととほとんど同じだった。

クリストの父に託した書状は届かなかったのだろうか。それとも、危惧《きぐ》した通りこれこそがアルセニオスの本心だというのか。

心を落ち着かせるため、アティナは一度、深呼吸をする。そしてゆっくりと顔を上げて、デメトリを見据えた。

「ルイス様はアレサンドリ神国からの使者です。勝手に拘束《こうそく》することは許されません」

「拘束などと、人聞きの悪い。確かに行動の制限はなされますが、これは保護です。ルイス様の御身がいかに尊《とうと》いか、アルセニオス陛下も重々承知いたしておりますから」

「保護などと……よく言えたものですね。人質の間違いでしょう」

怒鳴りつけてやりたい衝動を必死に抑え、アティナは落ち着いた声で問いかける。デメトリを見据える瞳は、一年中雪が溶けない極寒の地のように冷え切っていた。

対するデメトリは、なにを指摘されたのかわからないとばかりに頭を振った。

「人質などと、どうしてそのようなお考えに？　いま、この国が混乱をきわめていること、殿下もご存じでしょう。アレサンドリ神国よりお越しくださった大切な客人になにかがあってはいけないと、アルセニオス陛下は判断されたのです」

「そうして手に入れたルイス様を人質に、アレサンドリ神国に新政権を認めさせる魂胆《こんたん》なのでしょう」

ひくり、と、デメトリの笑みがゆがむ。

「アレサンドリ神国ほどの大国に認められたなら、近隣国への十分な牽制《けんせい》になるでしょう。それだけでなく、今回の反乱の正当性が強まり、未だ態度を決めかねている領主たちに帰順するよう強く迫れる」

「……確かに、ルイス様はアレサンドリ神国の客人ではありますが、そこまでの影響力など……」

「ルイス様は王太子妃ビオレッタ様の兄上です。さらに、多種多様の薬を作りだし多大な貢献をするルビーニ家の人間です。交渉の材料として、十分でしょう」

ルイス本人に自覚はないようだが、本来なら、彼ほどの才能を持つ人間を国外へ出すこと自体ありえないのだ。国の宝ともいえる人材を他国へ貸し出す。それ相応の信頼をルディ国に抱いてくれたからこそ成り立った約束だというのに、彼の自由を奪い、さらに交渉に使おうなど、下策としか言いようがない。

「……本当に、あなたは愚《おろ》かな人ですね。だだをこねたりせず、おとなしく指示に従っていただけますか。領民の命がかかっているのですよ」

とうとう、デメトリの表情から笑みが消える。場の雰囲気《ふんいき》が一瞬にして険悪なものとなったが、アティナも恐れることなく受け止めた。

「愚かなのはあなたたちよ、デメトリ。ルイス様は、アレサンドリ神国の恩情によって遣わされた尊きお方なの。それを人質に取れば、アレサンドリ神国に戦を仕掛けるようなものだわ」

アティナの訴えを、デメトリは鼻で笑う。

「我々もバカではありません。アレサンドリ神国を敵に回すようなこと、するはずがないでしょう。ただ、新政権を可及的速やかに承認してもらうため、架け橋になっていただくだけです」

「それが間違いだと言っているのよ！　アレサンドリ神国との交渉にルイス様の身柄を持ち込む。たとえあなたたちに危害を加えるつもりがなくとも、それだけで義に反すると思われるでしょう。ルイス様には触れない。それが最も懸命な判断なの」

デメトリは反論することなく押し黙る。アティナの説得に応じてくれるかと思ったところで、彼はあきらめるように首を振った。

「残念ですが、無理矢理お連れするしかないようですね」

どこか投げやりに言うと、デメトリは片手をあげる。すると、背後の騎士たちが剣を抜いた。

「たった四人で、勝てると思っているんですか？」

フィニカの騎士たちも武器を構え、団長が低く問いかける。しかし、デメトリは余裕の表情だった。

「たった四人ですが、精鋭を連れてきましたので。こんな辺境に暮らす騎士などに、遅れはとらな——ぐっ……」

突然、デメトリは後頭部を殴《なぐ》りつけられ、倒れ込んだ。

彼を殴りつけたのは、鈍色の全身鎧を纏う騎士。

「そ、んな……どうして……」

起き上がることができず、倒れ込んだまま首だけで振り返ったデメトリが、驚愕《きょうがく》とわずかな恐怖のにじむ表情で自分が連れてきたはずの騎士を見上げる。

アルセニオスの軍に所属するはずの騎士はなにも答えず、もう一度デメトリを殴り、昏倒《こんとう》させた。

「デ、デメトリ様！」

仲間の裏切りという衝撃からやっと立ち直ったらしい騎士たちが、裏切り者へと剣を向ける。

しかし、三人のうちひとり、中央に立っていた騎士が、左右の騎士の脇に剣を打ち込んだ。

予期せぬことに倒れ込んだ騎士たちへ、ふたりに増えた裏切り者たちはそれぞれ襲いかかり、瞬く間に沈めた。

一瞬のうちに事態が大きく変容し、アティナたちは皆、呆然《ぼうぜん》と動くことができない。全員の視線が裏切った騎士に集まる中、彼らはおもむろに甲を外した。

鈍色の甲の下から現れたのは、チョコレート色と、燃えるような赤。

「はぁ～、片付いた、片付いた」

「ヒルベルトごときに遅れをとっておきながら、精鋭などとのたまうなんて……」

「ちょっと、メラニーさん!?　俺、これでも騎士団でそこそこ強いんですけど」

「…………ふっ」

「鼻で笑われた――――――！」

なにやら騒がしい掛け合いをしているが、そのうちひとり、チョコレート色の髪の男に、アティナは見覚えがあった。

「あなたは、ルイス様を連れてきた……」

アティナの声で状況を思い出したらしい騎士は、アティナへと向き直るとその場に跪《ひざまず》いて頭《こうべ》を垂れた。

「お久しぶりでございます。アティナ王女殿下。あなた様より書状を受けとった、アレサンドリ神国王の命を受けて、このヒルベルト、はせ参じました」

ヒルベルトと名乗るこの騎士は、ルイスがルルディ国へやってくる際、護衛として同行していた騎士だった。ルイスの扱い方や、彼にとって居心地のいい場所などを説明してくれた人物である。

ヒルベルトの斜め後ろには、鮮やかな赤毛をハーフアップにした女性が跪いている。つり上がった目が印象的な妖艶《ようえん》な美女だが、先ほどふたりの騎士を床に倒す様を目撃している。ヒルベルトとのやりとりから、彼よりも強いらしい。

別次元の強さを誇るふたりを、アレサンドリ神国王がここへ遣わした。その事実に、アティナはほっと息を吐く。

「間に、合ったのですね……」

そうこぼせば、ふたりは力強くうなずいた。

「待って！　どうして、ヒルベルトとメラニー、ここにいるの!?」

見つめ合う三人の間に、ルイスが割り込む。どうやらルイスは、ヒルベルトだけでなく赤毛の美女――メラニーとも面識があるようだ。

いるはずのない人物の登場に戸惑うルイスへ、立ち上がったヒルベルトが説明する。

「王女殿下が秘密裏《り》にアレサンドリへ書状を届けられたんですよ」

「あなた様の身柄が敵の手に渡る前に、アレサンドリへ返すために、ね」

同じように立ち上がったメラニーが続きを話せば、ヒルベルトが「敵って言っちゃうんですね」とつぶやく。

「敵でしょう。光の巫女様《みこさま》の兄上を狙うだなんて……巫女様を敬愛するお姉様のお心を乱すようなことをする輩《やから》は、殲滅《せんめつ》するべきです」

「殲滅……メラニーさんならできちゃいそうだから怖い」

「ふふふっ、まっすぐ正面突破して大将の首を取れば勝手に瓦解《がかい》しますわ」

「本気で考えるのやめてっ、その道案内は俺がするんでしょ！」

「よくわかっているじゃありませんか」

「もうやだこの方向音痴《おんち》！」

頭を抱えるヒルベルトと、それを笑うメラニー。

この場にそぐわぬ賑《にぎ》やかなふたりに見向きもせず、ルイスはアティナへと詰め寄った。

「アティナ、メラニーたちが言ったこと、本当？」

両手を握りしめられ、アティナは顔を上げる。こちらを見つめるルイスは、痛みをこらえるような、心許《こころもと》ない表情をしていて胸が締め付けられる。

だが、きちんと話す義務がアティナにはある。

「本当です。私が、アレサンドリ神国へ書状を送りました。先生を、これ以上ルルディ国の混乱に巻き込まないために」

クリストの父に託した書状は一通ではなく、二通。アルセニオスへの書状と、アレサンドリ神国への書状だった。

アルセニオスの反乱を知ったときから、アティナはおかしいと思っていた。それなりに危機管理意識がある国ならば、近隣国の内情を常に探っているはずである。つまり、アルセニオスの反乱を、アレサンドリが把握《はあく》していないはずがないのだ。そして、混乱するルルディ国から、ルイスを取り戻そうと動くはずである。

しかし現実は、アティナが随分《ずいぶん》遅れて事実を知ってからもアレサンドリ神国から使者どころか書状すら届かなかった。

不審に思っていたところへ知ったのが、バリシア領主と隣国のつながりだ。

バリシア領主とつながっている隣国は、アレサンドリ神国とのはざまにある国だった。つまり、アレサンドリ側からルルディ国へ干渉するには、必ず隣国を通らなければならない。

もしも、隣国がなにか理由をつけてアレサンドリの使者をせき止めていたとしたら？

「王女殿下の読みは当たっておりました。我々は、早い段階で今回の内乱をつかんでいたのですが、ルルディ国の混乱の影響を恐れた隣国が、すべての国境を閉ざしてしまったのです。まあ、それも嘘っぱちで、実際はルイス様を我々に渡さないための工作だったんですけどね」

「王女殿下が書状を通して海路でのルルディ国入国を示唆《しさ》してくださり、助かりました。海路は我々も考えていたのですが、ルルディ国の港が確保できておりませんでした」

アティナはクリストの父が管理する港を使ってルルディ国へ入国するよう、書状にしたためていた。陸路に比べて海路は大回りになるうえ、街道が封鎖されているので道なき道を通らなければならない。さぞ大変だったろうが、とにかく間に合ってよかった。

「隣国がルイス様の身柄を狙っていることも教えていただけたので、いま頃、締め上げているでしょうね」

ヒルベルトの言葉の意味が分からず、アティナは首を傾《かし》げる。

締め上げるとは、いったい誰がなにを締め上げているのだろう。

「ふふふっ。光の巫女様の兄上を手に入れ、あわよくば我が国に恩を売ろうなどと……片腹痛いですわ」

「ついでにルルディ国も手に入れちゃおうとか考えてたんだから、バカとしか言いようがないっすよねー」

メラニーが艶《あで》やかに微笑《ほほえ》み、ヒルベルトが呆《あき》れている。どうやら、本当にアレサンドリ神国が隣国を締め上げているらしい。しかも、ルルディ国にまで手を出そうとしていたとは……業《ごう》が深すぎる。

他人事《ひとごと》のように聞いているが、一歩間違えばルルディ国も同じ道を歩んだかもしれない。そう思うと、メラニーの笑い声が空恐ろしく感じた。

「まぁ、とにかく、王女殿下のおかげで俺たちはフィニカの町までやってこれたんです。さっさと帰りますよ、ルイス様」

ヒルベルトが促すと、ルイスは頭を振ってアティナを見つめた。

「アティナは？　俺が、逃げるなら、アティナも一緒、逃げればいい」

両手をにぎりしめるルイスの手に力がこもる。すがるような目で見つめられ、苦しくて苦しくて仕方がない。

でも、アティナは、首を横に振った。

「私は……行けません。私は、王女だから……逃げるわけにはいかないのです」

「…………だったら、俺も、残る」

「いけません！」

ルイスの決断を、アティナはすぐさま否定した。

「あなたを人質になどできません」

「でも、アルセニオスに、大義、ある。だから、どちらにせよ、アレサンドリは、新政権を認める」

ルイスの言うとおり、今回の反乱は、アルセニオスに正義があった。わざわざルイスを人質に脅《おど》さなくとも、アレサンドリ神国は新政権を認めるだろう。遅いか早いかの違いぐらいだ。

「……そうだとしても、ルイス様を人質に取られてはいけないのです。脅されて、新政権を承認する。そんなこと、あってはなりません」

「王女殿下のおっしゃるとおりですよ。アレサンドリほどの大国が脅迫《きょうはく》に屈する、そんな事例、作っちゃダメなんです」

「一度そのような事例を作ってしまえば、同じ手を使おうとする輩《やから》が現れるでしょう」

アティナだけでなく、ヒルベルトやメラニーにまで諭《さと》され、ルイスはぐっと口ごもる。

ルイスはとても頭のいい人だ。ここまで諭されて、自分の存在がいかに重要か、理解できないはずがない。

でも、だからといって、簡単に納得できるものではないのだ。

ルイスは顔を上げ、アティナの肩をつかむ。

「ねえ、アティナ。お願いだから、一緒に、行こう」

アティナは黙って首を横に振る。

目の前のルイスは、それでも言いつのる。途切れ途切れの独特の話し方で。必死に。つなぎ止めようと。

「ダメだ、アティナ。俺と一緒に、逃げよう。だって、ずっと一緒、約束した！」

アティナはただただ、首を横に振る。

いま、口を開けば、自分も一緒に行くと、離れたくなんてないと言ってしまいそうで。

「アレサンドリへ、行くって。残りの時間、俺にくれるって、言った。だから、お願い。アティ――っ！」

ルイスの身体《からだ》に衝撃が走り、倒れ込んでくる。アティナは彼を受け止め、ゆっくりその場に腰を下ろした。

「すみませんね、ルイス様。俺を恨んでもらってもいいんで、いまは眠っていてください」

先ほどまでルイスがいた場所には、ヒルベルトが剣を握って立っていた。

ごねるルイスを、ヒルベルトが気絶させたのだ。

「恨まれるのは、私の方でしょうね」

眠るルイスの頬《ほお》にかかる黒髪を払いながら、アティナは自嘲《じちょう》する。

アティナには、ルイスの背後に回ったヒルベルトが見えていた。彼が剣を振りかぶるのも、全部見えていたというのに、わかっていて、なにも言わなかったのだ。

「約束を、守れなくてごめんなさい」

ルイスを愛で満たしたいと思っておきながら、結局彼をひとりにしてしまう。

愛する人に、同じだけの愛を返してもらう。その奇跡を一度知ってしまえば、なくなったときの孤独は計り知れない。

「先生を、孤独になんて、したくなかったのにな……」

結局、アティナの方からルイスを突き放すことになってしまった。

こんな結末になるなら、アティナはルイスに愛を告げるべきではなかったのだろう。

「でもね、私、幸せだったよ。先生に恋をして。同じ想いを抱く、奇跡を知って」

頬骨が目立つ白い頬に、アティナは口づけを落とす。

「さようなら、先生。そして、ありがとう」

生きることすら困難だったアティナに、たくさんの奇跡をくれた人。

アティナはルイスをヒルベルトに渡し、自らも立ち上がる。

「城の隠し通路を使えば、谷底へ降りられます。谷底を通る川に船が停めてありますから、それを使って川を下れば、アルセニオスに見つからずにここから離れられるでしょう」

「隠し通路？　そんなものが、この城にあったのですか」

メラニーの問いに、アティナは「はい」と答える。

「本当は、その場所を書状にてお教えできればよかったのですが、無事に届くかもわからない書状に、重要機密を書くわけにはいかず……通路へは、クリストが案内します」

指名されたクリストは、わずかな迷いを見せたが、すぐに表情を引き締めて、うなずく。

「こちらです、急いで」

「アティナ王女殿下。このたびのあなたの行いのおかげで、我々アレサンドリ神国の平和は保たれました。このご恩は決して忘れません。ありがとうございました」

ルイスを抱えるヒルベルトが頭を下げる。

「アティナ王女殿下。あなたは国民の命を預かる王族として、正しい判断をなさいました。どうか、いついかなる時も、胸を張ってください」

メラニーの言葉を受け、アティナはいつの間にかうつむいていた自分に気づき、慌てて前を向く。

それを見て、メラニーは満足げにうなずいた。

「それでは、我々は失礼させていただきます」

メラニーは頭を下げると、クリストの背中を追って謁見《えっけん》の間を出て行く。ヒルベルトもそれに続き、彼の肩に担《かつ》がれて部屋から出て行くルイスを、アティナは黙って見送った。


「これで、よかったのですか、王女様」

騎士とアティナだけが残った謁見の間で、ずっと黙っていた団長が問いかけてくる。

ルイスが消えた扉を見つめ続けていたアティナは、断ち切るように目をつむって息を吐くと、団長へと向き直る。

「ごめんなさいね。これで、アルセニオスとの交渉は決裂してしまったわ」

「王女様……」

団長は痛々しそうに、目を細める。

アティナはその視線に気づかぬふりをして、笑って見せた。

「大丈夫よ。いざとなったら、私の命を差し出してでもみんなを守ってみせるから。さ、いまのうちに、デメトリたちを牢《ろう》へ運んでしまいましょう」

団長はなにかを口にしようとして、結局なにも言わず、デメトリたちアルセニオスの使者を牢へと運ぶよう、部下へ指示を出した。


アルセニオスの軍が動いたのは、二日後の朝だった。

どれだけ待っても使者が戻ってこず、アティナ側もなんの反応も示さないため判断に迷っていたようだが、とうとう、アティナに帰順の意志なしと判断したらしい。

山を越えてきた軍がひとつ目の城門を破壊する。城門を囲う櫓《やぐら》から攻撃されるかと警戒するだろうが、そこに騎士は駐兵していない。

ひとつ目の城門だけではない。吊り橋の終点を守るふたつ目の城門にも、騎士は配置していなかった。

フィニカの町はその狭さゆえに家々がひしめき合うように建っており、家同士の間を縫《ぬ》う道はどれも細く入り組んでいる。

見通しが悪くどこに敵が紛《まぎ》れているかわからないため、アルセニオスの軍は民家も調べることだろう。

しかし、そこには騎士どころか町民の姿すらない。生活していた人々の痕跡はあるのに見当たらない。異様な光景が広がっているだけだ。

フィニカ城の城門までやってきても、やはり騎士の姿は見えない。

金属製の城門は、たやすく突破されないよう、かんぬきに鎖を幾重にも巻き付けてある。力任せに門を破壊して、すぐそばの掘っ建て小屋をのぞいてみても、誰ひとり見つけられないだろう。


アティナはクリストや騎士たちとともに、城に入ってすぐの広間にいた。客人を出迎える場所であるそこは開放感のある吹き抜けで、扉からまっすぐ奥にはそこそこ見栄えのする螺旋《らせん》階段がある。

左右から中央へ向けて、優雅な曲線を描いて降りる螺旋階段の終点に、謁見の間から持ってきた領主の椅子《いす》を置き、アティナが腰掛けている。その左右にはクリストと団長が、前方には騎士たちが横一列に整列し、全員の視線が、外へ通じる扉に注がれていた。

扉の向こうにたくさんの乱れた足音が響いてきた。かと思えば、轟音《ごうおん》とともに目の前の扉が揺れ、かんぬきの厚板がきしみをあげる。

厚板が割れるのが先か、それとも扉そのものが壊れるのが先か。どちらにせよ、突破されるのも時間の問題だろう。

不思議と落ち着いた心地でアティナはゆがんでいく扉を見つめる。先に音をあげたのはかんぬきの厚板で、真っ二つに折れ曲がり、次の衝撃で扉が大きく開け放たれた。

「動くな！」

なだれ込んできたアルセニオスの騎士たちへ、横で待機していた団長が声を張り上げる。アティナを守る盾のように整列していた騎士たちが、武器を構えた。

やっと現れた敵に、アルセニオスの騎士たちは意気揚々《ようよう》と武器を構えたが、続く団長の言葉に動きを止めた。

「こちらには人質がいる！　傷つけたくなければ、交渉する権限を持つものを連れてこい！」

アティナと盾役を担《にな》う騎士の間に、縄で縛《しば》られたデメトリと騎士ふたりが座り込んでいる。

デメトリの存在に気づいたアルセニオスの騎士たちは、武器を構えたまま互いの顔をのぞき合った。

彼らの反応を見る限り、人質の命など無視していいから制圧しろ、という最低な指示は受けていないようだ。アティナは密かに安堵《あんど》した。

デメトリを人質にしておきながら説得力はないかもしれないが、いまもアティナに敵対意志はない。ルイスが無事に逃げ切るまで、アルセニオスの注意をフィニカの町へつなぎ止めておきたかっただけだ。

そのため、アティナはデメトリを拘束《こうそく》したまま、アルセニオスに対してなんの接触も試みなかったし、城門を堅く閉ざしておきながら騎士を配置しなかった。

ただの時間稼《かせ》ぎにけが人を出してはならないと、町民たちは全員謁見の間に避難させている。とりあえず、出会い頭《がしら》に切り捨てられる、という最悪の展開は免れた。あとは、なんとか話がわかる人と交渉ができれば――

「人を呼ぶ必要はない。私が話を聞こう」

戸惑う騎士たちの背後から、懐かしい声が聞こえてくる。アティナははっと目を瞠《みは》り、思わず領主の椅子から立ち上がった。

背後の人物を認識した騎士たちが無駄のない動きで左右に分かれる。

現れたのは、漆黒《しっこく》の鎧《よろい》を纏《まと》う男。

夕焼けの空を連想させる、赤みがかったブロンドをたてがみのように揺らし、鋭さの増した深緑の瞳でアティナを見据えるこの男こそ、ルルディ国の新しき王、アルセニオスだ。

アルセニオスは自らの騎士を背後に携《たずさ》え、悠然《ゆうぜん》と立つ。

数年ぶりに再会した彼は、記憶よりも頰の線が細くなったように感じる。鎧でわからないけれど、もしかしたら全体的に痩《や》せたのかもしれない。

「アルセニオス……まさか、あなたが前線に出てきているとは思わなかった」

「それは、こちらの台詞《せりふ》ですよ。なぜ謁見の間ではなく、このような危険な場所にいらっしゃるのですか」

責めるような口調であるが、そこに憎しみといった負の感情を感じないのは、アティナの願望が見せる幻影だろうか。

「謁見の間には、町の人たちを避難させてあるの。私に戦う意志はありません。ただ、交渉をさせてほしいの」

「交渉?」と、アルセニオスは目をすがめていぶかしむ。

「交渉の機会なら、すでに与えたでしょう。そこに座り込んでいるデメトリこそが、そのための使者だったはずです」

「そうね。わかっているわ。でも、デメトリが持ってきた条件は、どうしても呑《の》むことはできなかったの」

アティナはそこで、言葉を切る。

この続きを聞いたアルセニオスがどんな行動に出るのか、まったく予想がつかない。けれど、どんな状況になろうとも、必ず、領民の命は守りきる。

「あなたが身柄を望んだ、ルイス・ルビーニ様はここにはいらっしゃいません。アレサンドリ神国よりの使者とともに、帰られました」

アルセニオスの瞳が、極限まで見開かれる。揺れるまなざしに、彼の動揺《どうよう》が伝わる。しかし、それは一瞬の出来事で、獣のような獰猛《どうもう》な視線でにらみつけてきた。

「城中をくまなく探せ！」

アルセニオスの怒号が飛ぶ。全身がびりびりとしびれるほどの大声に、アティナの身体がすくんだ。城内に散らばっていく騎士をにらみつけるアルセニオスは、アティナの知る彼とは全く違う。

目の前にいる人はいったい誰なのだろう。アティナが知るアルセニオスは忠義に篤《あつ》く、穏やかで、役立たずなアティナに寄り添ってくれるほどやさしい人だったというのに。

アルセニオスの豹変《ひょうへん》を受け止め切れずにいる間にも、城内の捜索は進み、ひとりの騎士が報告にやってくる。話を聞いたアルセニオスは「そうか……」と静かに答え、腰に提げる剣に手を添えた。

「此度《こたび》のこと、すべて時間稼ぎだったのだな！」

声を荒げて剣を引き抜き、アルセニオスは歩き出した。盾役の騎士が身構えるのを見て、アティナは「下がりなさい！」と指示を出す。

後ずさる騎士たちの前に出たアティナは、その身ひとつで、アルセニオスに立ちふさがった。

「ここは私の領地。そして彼らは私の領民です。傷つけることは許しません！」

恐怖を振り切るようにアティナが宣言すれば、アルセニオスは目の前で立ち止まった。

「領民を守りたいと望むなら、なぜ、ルイス・ルビーニを逃がした！」

「あの方はアレサンドリ神国よりいらした客人です。御身を危険にさらせば、彼《か》の国の信頼を裏切ることになります。本当に国の未来を思うなら、触れてはならないとなぜわからないのですか！」

「わかっていないのは、あなたの方だ！　あなたとルイス・ルビーニの身柄をこんな無防備な場所に置いておくことが、どれほど危険だと思っている！」

「ルイス様の重要性はきちんと理解しています。だからこそ、アレサンドリ神国の使者に預けたのです！」

「それが本当にアレサンドリ神国の使者であるという証拠は!?」

思わず、アティナは言葉に詰まる。ルイスをルルディ国へ連れてきた騎士、ヒルベルトが迎えに来たのだから、彼がアレサンドリ神国の使者であることは間違いないだろう。しかし、それはヒルベルトを知るアティナだからこそわかるのであって、神国王より書状を受け取ったといった物的証拠はなにもなかった。

戸惑うアティナへ、アルセニオスはこれ見よがしに嘆息《たんそく》した。

「この地に来る前に、私はバリシア領主を粛清《しゆくせい》しました。彼は、国境にほど近い領地を治める身でありながら隣国とつながっていた裏切者です。彼が処刑される際、なんと言っていたと思いますか」

見当がつかず、アティナは眉根《まゆね》を寄せる。アルセニオスは頭を振り、答えた。

「隣国との結託を最初に勧めたのは、あなただと言った。正当な王位継承者は自分であるから、隣国の手を借りて王位を奪還しようと考えている、と」

まったく身に覚えのない、事実無根な主張を聞き、アティナは唖然《あぜん》と言葉を失う。

「私は信じていなかった。あなたは王位を望んで国を混乱させるような人ではないと思っていたから。だが、この状況はなんだ？　再三書状を送ったが返答はなく、まるで攻められることを見越したように城門が補強されている。そして、ルイス・ルビーニの姿が見えない。これで、どう信じろというんだ！」

アティナの喉元《のどもと》に、剣の切っ先が向けられえる。背後に控えるフィニカの騎士たちが動き出そうとしたが、「動くな！」というアルセニオスの怒号により、ぎくりと固まった。

「お前たちには、隣国との内通の疑いがかかっている。城内にいる人間は、全員拘束させてもらう！」

「待って！」

拘束しようと動き出していたアルセニオスの騎士が、アティナの必死の制止で動きを止める。

「私たちは、隣国とつながってなどいません。アルセニオスからの書状は届かなかったのよ。それどころか、私からも何度も書状を送ったわ！　城門を補強したのは、敵も味方もわからないこの状況で、領民を守らなければならなかったからよ。誓って他意なんてない！」

「そんな都合のいい話、どう信じろというのか！」

脅すように低く怒鳴られても、アティナはひるまない。ただ、一歩、前へ踏み出した。

「私の命を賭《か》けましょう」

剣の切っ先が、アティナの喉に触れる。たやすく折れそうな白く頼りない首に、わずかな血がにじんだ。

「気のすむまで調べていただいて構いません。もしもあなたの主張が正しいという証拠が出たならば、その時は私の命を差し出しましょう。ただし！　此度のこと、すべて、領主である私の独断で行いました。領民たちは、私の命令に逆らえなかっただけ。どうか、彼らには手を出さないで」

淡々と告げるのは、とうの昔に覚悟を決めていたから。

アルセニオスは深緑の瞳を極限まで開き、しばらくアティナを見つめた。やがて振り切るように顔をそむけると、剣を降ろした。

「王女殿下を、拘束しろ！」

指示を受けた騎士たちが駆けよってくる。彼らに拘束されるアティナを見届けることなく、アルセニオスは背中を向けて城から出て行った。

城に集まっていた領民たちは誰も抵抗せず、領主であるアティナの拘束、王都への連行によって、戦《いくさ》は終結した。

王都まで連行されたアティナは、牢《ろう》に閉じ込められた。

牢といっても、貴人を軟禁《なんきん》するための部屋だ。地下ではなく棟の最上階だし、寝心地のいいベッドや本棚《ほんだな》、書き物机まである。

それらしいところを挙げるとすれば、扉に監視用の格子窓《こうしまど》がついていて、代わりと言ってはなんだが窓がない。けれども、十分快適な部屋だった。

三食欠かさず食べさせてもらえるだけでもありがたいのに、アティナの命綱《いのちづな》とも言える薬も用意してくれる。どうやら、調合のための人員をフィニカの町から連れてきていたらしい。

王都へ連行すると聞かされた時、もしや連行中の衰弱死を狙っているのかと思ったが、杞憂《きゆう》だった。

「アルセニオスは、ちゃんと調べてくれているのかしら」

きちんと調べさえすれば、アティナたちが隣国とつながっていないこと、ルイスを保護したのがアレサンドリ神国の使者であることがわかるだろう。

ただひとつ、不安があるとすれば、アティナを排除したいと望む者たちがどう動くか、だ。

本気でアティナを排除しにかかるなら、証拠品のねつ造くらい簡単にやってのけてしまうだろう。

牢に閉じ込められて、おそらく十日ほど経過している。そろそろ、なにかしらの結果が出てもいいのではと思う。

元々ひきこもりがちだったけれど、ここに閉じ込められてからはベッドで寝てばかりだ。いまも仰向《あおむ》けになって、天井の染みがいくつあるのか数えている。

ルイスはいまどこにいるだろう。国をひとつ挟んでいるから、まだアレサンドリ神国にはたどり着いていないだろうけれど、ルルディ国からは脱出できただろうか。もしかしたら、隣国を通過できずクリストの父の領地から海路を使って脱出を図っているかもしれない。

調査のための人員は多少残ったが、アルセニオスと一緒に、彼の大軍も王都へ帰ってきている。領民たちが理不尽に傷つけられることもないはずだ。

これから先の未来がどうなるのかまったく見通しは立たないけれど、ちっぽけなアティナの命を差し出すだけで救える命があるのだから、これほど喜ばしいことはない。

深い満足感と、ほんの少しの寂しさを抱えて、アティナは目を閉じた。


「……さま、アティナ様。起きてください、アティナ様」

何度も何度も呼びかける声に気づき、アティナは目を開ける。いつの間にか眠っていたらしい。

窓がなく、一日中燭台《しょくだい》がともっているため、いまが朝なのか夜なのかさえもわからなかった。

「やっと起きられましたか。まったく。真っ昼間から惰眠《だみん》をむさぼるだなんて、相変わらず愚《おろ》かなのですね」

どうやら昼らしい、と思いながら声のした方、扉へと視線を向ければ、格子窓からデメトリが顔を出していた。

「あら、デメトリ。お久しぶりね。わざわざ嫌みを言いに来たの?」

ベッドの縁《ふち》に腰掛けながら問いかければ、格子窓からのぞく顔が不機嫌にゆがんだ。

「そんなはずがないでしょう。私はあなたと違って忙しいのです。優秀ですからね」

自分で自分を優秀というのはどうなんだろう。と思いつつ、アティナは「あらそう」とだけ答えた。それきり沈黙がふたりの間に降りる。

てっきり、調査の結果が出て報告に来てくれたのかと思ったのに、違うのだろうか。不思議に思っていると、デメトリは長いため息をついた。

「……………あなたと、最後の交渉に参りました」

「交渉?」と、アティナは眉《まゆ》をひそめる。

牢に閉じ込められたままで交渉するということは、もしや、アティナの無実は証明できなかったのだろうか。

戸惑っていると、デメトリが指を二本突き立てた。

「あなたにはいま、ふたつの未来があります。このまま隣国との内通者として処刑されるか、または、アルセニオス様の妃《きさき》になっていただくか」

「はあぁ？」

思わず淑女《しゆくじよ》らしからぬ声が漏《も》れた。というかデメトリに対して失礼だった。

アティナが慌てて両手で口をふさぐと、デメトリはむっとした表情を浮かべたものの、続きを話した。

「あなたが『希望の聖王女』と呼ばれていることは知っているでしょう。国民の支持を集めるあなたを処刑することは得策じゃない。それよりも、妃にしてあなたの人気を陛下が取り込む方がいい」

「だから、結婚しろと？」

自分が『希望の聖王女』と呼ばれていると知ってはいたが、まさかそれを理由に生かされるほど、民衆の支持を集めているとは思いもしなかった。

「私が交渉のためにフィニカの町を訪れたときから、その方針は決まっておりました。それなのに……あなたが余計なことをしたから、こうなってしまったのです！」

「あなたにとっては余計なことでも、私にとっては大切なことだったのよ。あなただってわかっているでしょう。先生を拘束《こうそく》するのがどれだけ悪手か」

最悪の場合、アレサンドリ神国にルルディ国を責める大義名分を与えてしまうのだ。それだけは、避けねばならなかった。

デメトリは苦々しげな表情で「わかっていないのはあなたの方だ」と答える。

「我々は、あなたとルイス様を本当に保護するつもりだったのです。バリシア領主が隣国とつながっていたのはあなたもご存じでしょう」

「知っていたわ。バリシア領主は私と先生に隣国へ逃げるよう打診してきたもの。領民を見捨てるわけにはいかないから、断ったけれど」

「断ったのは正解です。もしも隣国に赴《おもむ》いていれば、いま頃隣国と戦が起こっていたことでしょう。ルイス様まで手に入れられれば、アレサンドリ神国も敵にまわったかもしれない」

ルイスの身柄が重要なのは、理解できる。だが、アティナが隣国にわたるとなぜ戦が起こるのか、いまいちわからない。

アティナがなにも言わずとも察したらしいデメトリは、「あなたは本当におバカですね」と眉根をよせた。

「あなたは正当な王位継承者なのです。アルセニオス陛下にどれだけ正義があろうとも、あなたを手に入れて王位の正当性を主張すれば、戦争を仕掛ける言い訳は立つんですよ」

デメトリの話は、アティナがいかに甘い考えだったのかを痛感させた。

いままで、アティナは自分自身に価値がないと思っていた。『希望の聖王女』と呼ばれて民衆に好かれていようと、病弱で中央権力になんの影響力もない、名前だけの王女なんて、なんの意味もないと思っていた。

けれど、違ったのだ。『希望の聖王女』という称号は無視できないほど支持を集め、正統な王位継承者というだけで他国との戦の火種に十分なりうる。

理解した途端、ざあっと全身から血の気が引く。そんな面倒な肩書を持つ人間が、フィニカの町のような堅強とは言い難い場所にのんびりと暮らしていたのだ。しかも、その傍らにルイスというアレサンドリ神国を沈黙させられるかもしれない駒《こま》を侍《はべ》らせて。

「……あぁ、うん。なんだかごめんなさい。やっと理解できたわ。それはさぞ不安でしたでしょうね。でもね、私も必死だったのよ。どんなに書状を送っても返答がないし、情報を得ようと騎士を派遣しても足止めを食らってしまうしね」

「アティナ様の苦労はお察しします。残念ながら、こちらも一枚岩とはいかないのですよ。王家は根絶やしにするべし、という過激な考えの者もいるのです」

やはり、バリシア領主以外にも、アティナとアルセニオスのやりとりを邪魔していたものがいたらしい。

「ねぇ、ついでに教えてほしいことがあるの。今回の反乱、どうしてアルセニオスが立ち上がったの？　私が知る限り、彼は表に立って戦いを起こすような人間じゃないわ」

「陛下は——アルセニオス様は、望んで国を裏切ったわけではありません。国王が、あのお方の忠義を裏切ったのです」

「忠義を、裏切る？」

いぶかしむアティナへ、デメトリは心もとない細い声で話し出した。

アティナの父が亡くなり、王位が叔父《おじ》に移ってからも、アルセニオスの王家に対する忠義は変わらなかった。

一部の貴族と権力を我が物にし、民を苦しめる政策をとっても、アルセニオスと彼の父は、諫《いさ》めはしても国王を廃そうとはしなかった。

みるみる荒れる国をなんとかしようと奔走《ほんそう》し、身を粉《こ》にする勢いで国に尽くした。

国を守るため、国王暗殺や反乱をささやかれても、アルセニオスは耳を傾けなかった。

それなのに——

「アルセニオス様のお父上が、処刑されたのです。しかも罪状は、国の治安が荒れて税収が下がったから。その責任を、騎士団長であるお父上にかぶせたのです！」

理不尽な処刑の後、騎士団長の座には、国王の息がかかった貴族が就いた。取り締まりという名の暴力が始まり、わずかな食糧さえも税だと言って略奪される。ますます困窮《こんきゅう》した人々は生きてきた土地を捨て、難民となった。

「信じて忠義を尽くしてきた王家に裏切られたアルセニオス様は、自分の甘さを呪いました。もっと早く、他の貴族たちとともに国王を廃していれば、国が荒れることも、お父上が亡くなることもなかっただろうと……」

過去の自分との決別を決めたアルセニオスは、国王を廃するための準備に取りかかった。

「甘かった自分への戒《いまし》めか、アルセニオス様の粛正《しゅくせい》は苛烈《かれつ》を極めました。ですが、アルセニオス様が本来の優しさをなくしたわけではないのです。荒々しい粛清は、アルセニオス様の心を傷つけていきました」

数年ぶりに会ったアルセニオスは、記憶よりも痩《や》せていた。それはきっと、アティナの気のせいではなかったのだ。

「アティナ様、どうか……どうかアルセニオス様をお救いください。難民を無条件で受け入れ、領民を救うために自らの命をためらいなく捧げるあなたは、アルセニオス様にとっても、希望だったのです」

「デメトリ……」

「アルセニオス様も、アティナ様の事情をきちんと理解しておいでです。あなたがアルセニオス様の妃となってくださるのであれば、隣国との内通の疑いを晴らしてみせましょう。だから、どうか、アルセニオス様の手を取ってください。一緒に生きるとおっしゃってください」

デメトリが、アティナに対してこんなに頼み込むのは初めてだった。それだけ、彼にとってアルセニオスは大切なのだろう。

アルセニオスの手を取る。ルルディ国の未来を思えば、了承するべきだ。

アティナが『希望の聖王女』と呼ばれ、少なくない数の民衆の支持を集めている。それを隣国との内通者として処刑してしまえば、英雄であるはずのアルセニオスの評価が下がるかもしれない。

これからの統治を思うと、避けるべき事態だ。ちゃんとわかっている。けれど――

「……ごめんなさい。私には、アルセニオスの手をとることはできない。だって……愛する人から、同じだけの想いを返してもらえる奇跡を、知ってしまったから」

あの幸福を知ってしまったら、他の誰かの手を取るなんて、できない。

たとえ、もう、結ばれることはなくとも。

笑みをこぼすアティナを見て、交渉が決裂したと悟ったデメトリは、ゆっくりとうつむいて、震える息を吐いた。

「……やっぱり、あなたは愚か者ですね」

「そうね。王女失格ね」

命を捧げる覚悟はできても、心を偽ることはできない。そんなアティナは、王女失格だろう。

格子窓の向こうのデメトリが、アティナに背を向けた。歩き出そうとして、「でも」と立ち止まる。

「そんなあなたが……私は、嫌いではありませんでした」

背中を向けたまままそれだけ言うと、デメトリは去って行った。


翌日、アティナのもとへ朝食は運ばれなかった。

部屋に現れたのはいつも世話をしてくれる侍女《じじょ》ではなく、騎士。お盆に載せて持ってきたのは、沼の底のようによどんだ液体で満たされた、盃だった。

どうやら、自分は薬殺刑に処されるらしい。

昨日、デメトリが最後の交渉に現れたときから、そんな気はしていた。だからアティナは取り乱すことなくベッドに腰掛けたまま、近づいてくる騎士を待った。

「これを、すべて飲み干してください」

死刑執行人に選ばれるだけあって、盃を差し出す騎士に感情の起伏《きふく》は見えない。ただしずしずと、役目を――アティナの死を見届けるつもりなのだろう。

アティナも往生際《おうじょうぎわ》悪くもがくこともなく、盃を受け取る。黒に近い緑色の液体は、アティナの顔を鮮明に映しだした。

「なにか、言い残したいことはありますか」

声をかけられ、アティナは顔を上げる。自分を見つめる騎士の視線は、とても真摯《しんし》なものだった。

「……フィニカの町のみんなは、元気にしているでしょうか」

唯一の気がかりを口にすれば、騎士はしっかりとうなずいた。

「あなたの献身のおかげで、誰ひとり、傷ついておりません」

「……そう、よかった……」

安堵《あんど》の息とともに、言葉がこぼれる。

町のみんなが、自分を支えてくれた優しい人たちが、元気でいる。

これ以上、望むことはない。

アティナは盃を口元へ近づける。毒薬から、薬草の複雑な香りがして、そのとたん、勝手に口が動いた。

「先生、大好きです」

そしてアティナは、盃をあおった。

旧ルルディ国、最後の王女となった、アティナ。

生まれつき身体《からだ》が弱く、辺境の地フィニカで療養していた彼女は、しばしば『忘れられた王女』と記述されている。

しかし、晩年の彼女は、愚王の蛮行《ばんこう》により国内が荒れ、人々が家を捨てて難民となることを余儀《よぎ》なくされた際、彼らを無条件で受け入れ、安心して眠れる家と、温かな食事を与えた。

『希望の聖王女』、そう呼ばれた彼女は、しかし悲劇的な最期を迎える。

当時騎士団長補佐だったアルセニオス・フロステルが反乱を起こし、王族をことごとく粛清した。それはアティナにもおよび、隣国との内通の疑いをかけられた彼女は、領民や保護した難民たちの無実を証明するために、自らアルセニオスのもとへ投降し、王都にて薬殺刑に処される。

十七歳という若さだった。

逸　章　歴史の裏側に隠された、奇跡

――アティナ――


暗闇の中で、遠く誰かが自分を呼ぶ声がする。

誰の声かなんて、考えずともわかる。

出会ってからの五年間、ずっと目で追い続けていた人だから。


――アティナ――


甘くかすれた声に名前を呼んでほしかった。

風になびく黒髪に触れたかった。

陽に焼けない肌はアティナに負けないくらい白くて、生きて温かいのだと確かめたかった。

——アティナ——


吸い込まれそうな漆黒《しっこく》の瞳をずっと見ていたかった。

つないだ手を、離したくなかった。

柔《やわ》らかな唇に、もっと口づけを贈りたかった。

ずっと、ずっとずっと一緒に……生きていたかった。

だって、あなたが、大好きだったの。


「アティナ！」


大きく息を吸い込んで、アティナは目を開けた。

飛び込んでくる光が強すぎて視界が白く染まる。

真っ白な世界で、アティナの頬《ほお》にぱらぱらと雫《しずく》が降ってきた。雨でも降っているのだろうか。

瞬きを繰り返して徐々に目を慣らしていけば、世界に色が戻ってくる。

アティナの目が最初に見つけたのは、黒。

一面の星空みたいな瞳から、大粒の涙を降らす、ルイスだった。

「……せ、んせ……けっこ、して……」

反射的に口にした告白は、ひどくしわがれて聞き取りにくい。

けれど目の前のルイスは大きくうなずきながら、アティナを力一杯抱きしめ、言った。

「するっ、するよ！　アティナ、結婚しよう！」

苦しいくらいの抱擁《ほうよう》。細く骨張っているのに、しっかりと筋肉を感じる身体は、確かに温かくて。

アティナは気づく。

これが、夢でもなんでもなく、現実だということに。

「う、そ……どうして？」

ルイスに抱きしめられたまま、アティナは自分の両手を掲げる。力をこめれば、なに不自由なく指は動いた。

「私、生きてるの？」

「生きているに決まってる！」

身を離したルイスが、アティナの両肩をつかむ。涙でぐしゃぐしゃな顔で、激情のままに叫んだ。

「アティナが死ぬわけがない。俺が、死なせない！」

アティナは放心状態でルイスを見つめ返す。

訊きたいこと、聞くべきことがたくさんあるのに、混乱のあまりなにから口にすればいいのかわからない。

アティナの最後の記憶は、王城の牢《ろう》の中。

騎士に見届けられながら毒盃を飲み干し、眠るように意識を失い——そのまま死んだはずだった。

アティナの表情から心情を汲《く》み取ったルイスが、説明を始めた。

「アティナ、飲んだもの。毒じゃ、ない」

「毒じゃ、ない？　でも、あれを持ってきたのは、城の騎士で……」

「デメトリに、頼んで、毒、すり替えてもらった。あの薬、死なない。ただ、死んだように眠るだけ」

死んだように眠る——なるほど確かに、その表現がぴったりだ。毒盃を飲み干したあと、アティナは苦しまずに意識を失ったのだから。

あの薬を飲もうとした時、アティナは立ちのぼった薬草のにおいから、なぜかルイスを思いだした。案外、ルイスの作った薬だと本能的に気づいていたのかもしれない。

我がごとながら、ルイスが好きすぎて恐ろしい。

アティナは自分の両手を見る。自分の身体が確かに動くと確認してから辺りを見渡せば、森の中なのか木々に囲まれた場所だった。ルイスの背後に、ヒルベルトとメラニーもいる。

そして、自分の背後に、デメトリが立っていた。

「デメ、トリ……あなた、どうして……」

口をへの字に曲げたむっつりとした表情でアティナを見下ろすデメトリは、黙ってなにかを放り投げてきた。反射的に受け取ったそれは、深緑の宝石を金の装飾が包み込むペンダント。

アティナとおそろいの、アルセニオスのペンダントだ。慌てて自分の胸元を探るが、ずっとつけていた自分のペンダントは見つからなかった。

呆然《ぼうぜん》とデメトリを見上げると、彼は相変わらず口端を下げたまま、言った。

「あなたからの最後の書状。あれだけは、我々のもとへ届いたのです」

最後の書状――それは、クリストの父を経由して渡したもののことだろう。

「あの書状には、あなたに敵対意志がないこと、我々に向けて何度となく書状を送っていたこと、こちらから送った書状がひとつも届いていないこと、バリシア領主が隣国とつながっていること、そして――ルイス様を逃がすつもりであること、最悪の場合、自分の命でもって事態の収拾《しゅうしゅう》を行うことが書いてありました」

アティナの肩をつかむルイスの手に力がこもる。命を懸けようとしたアティナに対する無言の抗議だろう。

しかし、他にどんな手があったというのだろう。中途半端に継承権だけを持つアティナがいるから、周りが勝手に策謀《さくぼう》をはり巡らせるのだ。アティナさえ死ねば、フィニカの町が危険にさらされることもない。

「バリシア領主と隣国の繋《つな》がりを知った我々は、アティナ様とルイス様が一緒にいる状況を危険視しました。ゆえに、ふたりの身柄を確保することにしたのです」

まずはフィニカの町への道をふさぐバリシア領主を廃し、デメトリを使者として遣わした。

「すでにルイス様が逃げた後ならば、あなただけでも確保するつもりだったのです。フィニカ城は顔見知りしか働いていないため、暗殺の可能性こそ低いでしょうが、安全とは言い難い場所でしたから。まぁ、結局あのようなことになったわけですが」

デメトリはじっとりと責める視線をヒルベルトに向ける。にらまれたヒルベルトは口笛を吹いてそっぽを向こうとしたものの、口笛が吹けないのかすかすかした音が漏《も》れるだけだった。

「私が戻らず、状況を把握《はあく》できなかったアルセニオス様は、アティナ様に隣国との内通の容疑をかけ、身柄を拘束《こうそく》したのです。牢ならば安全ですし、あなたの無実は調べればすぐわかりますからね。後は頃合いを見てあなたを釈放し、アルセニオス様と婚姻《こんいん》を結んでいただく。そういう段取りだったのですが……」

「アティナ、俺と結婚する！」

鼻息荒く宣言すルイスに、デメトリは「ルイス様が接触してきたのです」と肩を落とした。

「でも、先生は……アレサンドリを目指していたんじゃあ……」

アティナと目が合ったヒルベルトが、詳しい経緯を話した。

「ルイス様を連れてフィニカの町から離脱したあと、我々は予定通りアレサンドリを目指そうとしたのですが、ルイス様が絶対に帰らないとごねたんです」

「俺ひとり、絶対帰らない。アティナ、一緒！」

そう言って、ルイスはヒルベルトから顔をぷいとそらす。だだっ子にしか見えない態度に、ヒルベルトがお手上げとばかりに肩をすくめると、隣のメラニーが口を開いた。

「帰る気になってもらうために、アティナ様を救出することになりました。協力者が必要となったとき、デメトリ様なら協力してくれるとルイス様がおっしゃったので、秘密裏《り》に接触しました」

「……よく、協力する気になったわね」

改めてアティナがデメトリを見上げると、腕を組んだ彼は口元をとがらせて視線をそらした。

「仕方がないでしょう。ルイス様にアレサンドリ神国へ無事に帰っていただかなければ、外交問題になるのですから」

「うっわ、なにその態度」

「ツンデレですね」

「デメトリ、素直じゃない。アティナのこと、けっこう気に入ってる。だから協力、すぐにしてくれた」

横から茶々を入れる三人にデメトリは「とにかく！」と声を強め、アティナへと向き直る。

「最後の王族であるアティナ王女は死にました。あなたは、自由です」

自由――それは、アティナにとって一番遠い言葉だった。

「ほんと、に？　私は、自由になっていいの？　だって、アルセニオスは？」

国を背負うべき王族であるアティナが自由になって、代わりにアルセニオスが玉座に着いた。

それで本当にいいのだろうか。

アルセニオスの手を取らないと自分で決めたくせに、いまさらになって、後悔が押し寄せてくる。

震えるアティナへ、デメトリは言う。

「いいんですよ、それで」

あまりに優しい笑みを浮かべていたから、アティナはただただ見入る。

「今回のこと、私ひとりの判断ではございません。アルセニオス様もすべてご存知です。そのうえで、それを、目覚めたあなたに渡すよう、おっしゃったのです」

デメトリは、握りしめられたアティナの両手を指さす。固く結ばれた両手をゆっくりとほどけば、現れたのは、深緑の宝石を抱くペンダント。

アティナが身につけていたペンダントの対として、アルセニオスが持っていたものだ。

「あなたの傍へはせ参じることはもうできないでしょう。けれども、私たちはつながっております。どうか、愛するものと生きてください。あなたの幸せを、祈っております」

勢いよくアティナが顔をあげると、デメトリはすでに背中を向けていた。

「以上が、アルセニオス様からの伝言です。では、私の役目も終わりましたので、失礼いたします。……アルセニオス様のためにも、幸せになってくださいね、アティナ様」

振り返ることなく、デメトリは歩き出した。遠ざかっていく背中になにか声をかけなければと思うのに、口から出てくるのは、情けない嗚咽《おえつ》ばかりだった。

握りしめたペンダントを胸に寄せ、アティナは声をあげて泣き続ける。

昔もいまも、変わらない。たくさんの人の優しさに支えられて、アティナはここにいる。

数えきれないほどの人の手を借りて、背負うべき責任を押しつけて、アティナは自由を手にしている。

アティナは、いま、生きている。

「ありっ、がと……ありがとっ、みんな……ごめっ、ごめんなさいっ……ありがとう」

支えてくれた人々への感謝と懺悔《ざんげ》を捧げるアティナへ、ルイスが声をかける。顔をあげれば、ひたむきな視線とぶつかった。

「アティナ」

「約束、覚えてる？　いつか、この国が落ち着いて、アティナが、自由になったら。残りの時間、俺に、くれるって」

忘れるはずがない。忘れたことなど一度だってない。

ルイスが、何者でもない自分自身を求めてくれている。その奇跡を知った約束だから。

「アティナ、俺はね、愛する人に、同じ想い、返してもらうこと……奇跡だと、思ってる」

アティナは驚きのあまり息を止める。

ルイスが話すことは、まさにアティナが思っていたことだったから。

「その奇跡はね、誰にだって、訪れるものじゃないんだ。それを、俺は知っているから。だから、いま、ここにある奇跡を、俺は、手放したくなんて、ない」

アルセニオスのペンダントごと、アティナの両手を強く握りしめたルイスは、表情を苦しくゆがめて、再会してからずっと止まることなくあふれる涙で頬を濡《ぬ》らしながら、言葉を紡《つむ》ぐ。

「失うなんて、絶対に、耐えられないんだ」

「せ、んせ……」

こぼれるように、アティナはルイスを呼ぶ。

だって、気づいてしまったから。

アティナが考えていた以上に、ルイスは、傷ついている。

当然のように愛を与え続けていた彼が、初めて手にいれた奇跡。

その大きさを、アティナは見誤っていた。

「ごめ……ごめ、なさっ……先生！」

アティナはルイスに両腕を伸ばし、その身体《からだ》を胸に抱きしめる。痛いぐらいにしがみついてくる身体が、震えているとやっと気づいた。

アティナはずっと誰かの優しさによって生かされてきた。だから、誰かのために命を使うべきだと思っていた。

でも、そのあとは？

ルイスは、どうなるの？

誰かのためと言って自分の命を使い切ったとき、残される人がいることを、アティナは忘れていた。

誰かを愛して、同じだけの愛を返してもらえる、奇跡。その奇跡を一瞬でも知ってしまった今となっては、それを失って生きるなど、無理だろう。

少なくとも、アティナには無理だと思った。だから、アルセニオスの手を取らず、死を受け入れた。

それはきっと、ルイスも同じ。

いや、恋に破れてもなお与え続けていた人だから、その絶望は、アティナ以上に深い。

それこそ、壊れかねないほどに。

「生きていこう、アティナ。俺と、一緒に……」

アティナにしがみつきながら、ルイスはふたりの未来を願う。

自分を無理矢理にでも連れ戻そうとするヒルベルトたちを説得し、危険を承知でデメトリと接触し、アティナが死んだと誰もが納得できる薬を用意した。

そんな、人間離れしたことをやってのけてまで助けた、アティナの命。

「先生……生きる、生きるよ……。ごめんねっ、ごめんなさい。もう、ひとりになんてしない」

アティナはルイスを力の限り抱きしめる。彼の温もりを感じられるこの奇跡は、ルイスが起こしたものだから。

「私の残りの命……全部、先生にあげる」

これからは、すべて、ルイスのために使おう。


その後、アティナはルイスとともにアレサンドリ神国へわたった。

王都へ着いて最初に、アレサンドリ神国王に報告すると言われたときには、死んだはずの他国の王女なんて面倒くさいものを受け入れてもらえるのだろうか、と戦慄《せんりつ》した。

そんなアティナへ、ルイスだけでなくヒルベルトやメラニーまで「大丈夫、大丈夫」と告げる。

三人のあまりに軽い調子に、むしろ不安を募《つの》らせたアティナだったが、アレサンドリ神国王はアティナをルルディ国へ追い返そうとはしなかった。

「アティナ王女殿下よ、よくぞアレサンドリへお越しくださいました。あなたが命をかけて国民を守ろうとしたこと、私はきちんと存じております。これからの人生は、どうか、自分のためにお使いくださいい。あなたはその自由を手に入れたのだから」

アレサンドリ神国王はそう言って、『フルール』という姓を与えてくれた。ルルディ国の王族に姓はない。フルールという姓を与えることで、アティナはアレサンドリ神国の民となった。これで、ルイスとの婚姻《こんいん》も問題なく結べるだろう。

神国王との謁見《えっけん》の際、ルイスの妹である王太子妃ビオレッタと初対面した。

太陽のごとき金の髪と、透き通った空色の瞳を持つ、たいそう美しい女性。流れ星をより集めたような白金の髪と、アメジストの瞳を持つ王太子エミディオと並ぶ姿は、うっかり目がつぶれそうなほど神々《こうごう》しかった。

正直に言おう。アレサンドリ王家の美しさは、ひ弱なアティナには刺激が強すぎる。見惚《みと》れるあまり呼吸は忘れそうになるし、鼓動も激しくなって胸が苦しい。神国王も王妃もエミディオもビオレッタも、誰も彼もがまばゆい光を纏《まと》っていてくらくらしてしまう。あ、このままだと倒れるかもしれない。そう思ったとき、メラニーとヒルベルトが戦線離脱させてくれた。そして満身創痍《まんしんそうい》なアティナの肩をたたき、「お気持ち、察します」と慰《なぐさ》めてくれた。

ちなみに、ルイスはアティナの変化には気づいても、原因を突き止められなかったという。なんでも、ビオレッタの神がかった美貌《びぼう》を幼い頃より見て育ったため、美しすぎる面々に囲まれてもなにも感じないそうだ。慣れって恐ろしい。

なにはともあれ、無事アレサンドリ神国に迎えられたアティナは、次はルイスの実家、ルビーニ家へ向かった。

ルイスの家族に会う。それは、アレサンドリ王家に挨拶《あいさつ》をするときとは違う意味で緊張した。王女でもなく、家事も満足にできないアティナを、ルビーニ家の面々、とくに、ルイスの母親は認めてくれるだろうか。

アメリアはアティナをどう思っているのだろう。ルビーニ家で大切にされている彼女を傷つけた自分は、歓迎されないかもしれない。

様々な不安を胸にためながら向かったアティナだったが、

「おぉっ！　お前がアティナか。なんとまぁ、かわいらしいのぅ。ビオレッタやアメリアとはまた違ったかわいらしさではないか。ルイス、でかしたぞ！」

という、ルイスの母ベアトリスの言葉でそれはすべて払拭《ふっしょく》された。

ルイスと同じ黒目黒髪を持ち、匂《にお》い立つような大人の色気を纏う美女ベアトリスは、ローブを纏う両手を広げて突進してきたかと思えば、アティナを力一杯抱きしめ、薄紅《うすべに》色の髪に頰《ほお》を寄せてきた。

「うれしいのぅ。娘が三人に増えたぞ。しかもこんなにかわいらしくて、心根が優しい子だ。

よく来てくれた！　これからは私たちが家族だぞ」

不可抗力とは言えベアトリスの豊満な胸に顔を埋めることになったアティナは、筆舌《ひつぜつ》に尽くしがたい柔《やわ》らかい感触にあっぷあっぷあっぷしながら、なぜ初対面である自分の心根が優しいなどと言い切れるのか疑問に思った。

「ベアトリス様、そのくらいでやめてあげてください。アティナ様が窒息死《ちっそくし》しますよ」

息も絶え絶えなアティナを救出したのは、アメリアだった。

三年ぶりに会ったアメリアは、あのときと変わらず、春の晴れた日のような、相手をほっとさせる女性だった。

「アティナ様、今日まで、よく頑張られました。みんなから話を聞くたび、胸が苦しくて苦しくて……。これからはどうか、自分のために生きて。あなたが守り抜いた人々は、それを望んでいます」

まだ詳しい説明はしていないはずなのに、まるですべてを知っているかのようなアメリアに、アティナは驚く。

けれど不思議と、彼女が嘘を言っているようには見えなかった。いつかルイスが言っていた、魔術師独自の通信網《もう》が関係しているのかな、と思った。

予想はしていたが、アティナとルイスは、そのままルビーニ家で暮らすことになった。

けれども、予想外なこともあった。

ベアトリスがアティナをそれはもうかわいがり、アメリアと一緒になってかまい倒したのだ。

アメリアとふたりきりになる機会にも恵まれたため、アティナは三年前の出来事を謝ることができた。

「謝ることじゃないよ、アティナ様。だって、ルイス様が好きだったから、怒ったのでしょう？　それだけ、ルイス様を好きだってことでしょう？　だから、もういいんだよ」

アメリアにとって、ルイスはかけがえのない家族で、だからこそルイスは、彼女に尽くすことを苦に思わなかったんだろう。

恋人とはまた違う、愛が、そこにあるから。

ふたりの繋《つな》がりに嫉妬《しっと》をしないと言えば嘘になる。

でも、アティナとルイスの間には、奇跡ともいえる繋がりがあるから。

不安にはならなかった。


一週間ほど経った頃、ルイスがルビーニ家を出て行くと言い出した。

「母様、アメリア、アティナを独占する。アティナ、俺のものなのに！」

というのがルイスの主張だ。かわいい嫁（義妹）を構ってなにが悪いと、ベアトリスとアメリアが憤慨《ふんがい》したものの、結局、ルイスとアティナは王都に別邸を構えることになった。

ルイスとしては、ベアトリスやアティナがすぐに手を出せないような遠い場所へ行きたかったらしいが、アティナもルイスも生活力がない。ゆえに、目が届く範囲で暮らすようにと、ルイスの父エイブラハムに説得された。

アティナがアレサンドリ神国へ来て、一ヶ月が経ったころ、フィニカの町を、クリストが治めることになったとベアトリスが教えてくれた。しかも、カリオペが彼の妻となったらしい。そんな細かな情報、どうやって手に入れてくるのか、皆目見当がつかない。けれど、クリストとカリオペならば、町のみんなを慈《いつく》しみ、導いてくれるだろう。

もう、ルルディ国にアティナの心残りはない。

正真正銘《しょうしんしょうめい》の自由を手に入れたアティナを、ルイスは教会へ連れて行った。

教会ではアメリアとベアトリスが待っており、ルイスと別行動になったかと思えば、ふたりはアティナに純白のドレスを着せた。

化粧《けしょう》や髪型も整え、ふさわしい装飾品をつければ、立派な花嫁のできあがりだ。

着付けの終わったアティナを見て、ベアトリスとアメリアは感嘆《かんたん》の息を漏《も》らす。

「自分のドレスを着てもらうというのもロマンだが、娘の晴れの日のためにいちから仕立てるというのも、なかなか乙《おつ》だのぅ」

よくわからないが、ベアトリスが幸せそうなのでよしとした。

ふたりと別れ、案内された先で待っていたのは、黒の正装に身を包んだルイスだった。

教会に、純白のドレスに、正装したルイス。もう、いまからなにが行われるのか、アティナもわかっていた。

だから、素直に彼の隣へ並ぼうとすると、アティナの両手をルイスがつかみ、自分へと向き直らせた。

てっきり、これから大聖堂へ入場するのだと思っていたアティナは、ルイスをきょとんと見返す。

目を合わせる彼は、落ち着いた声で、言った。

「いつかの、約束。フィニカの町、信頼できる人に、託せた。だから、残りの時間は、俺のもの」

「先生……待って、くれていたんですか?」

アレサンドリ神国へ移住した時点で、アティナの命はルイスに捧げていた。でも、家族にも挨拶をして、ふたりで暮らし始めたというのに、正式な婚姻はまだ結んでいなかった。

なにか許可や難しい手続きがいるのだろうか、と不思議に思っていたけれど、

「当然。だって、約束だもの」

まさか、新しい領主が決まるのを待っていたなんて、思わなかった。

「……あの、先生。ひとつ疑問なのですけど、もしも信頼できない人が領主になっていたら、

ている。


「どうするつもりでした？」

　ルイスはなにも答えなかった。ただ、やたらときらきらしい笑みを浮かべた。

　追求するべきではないと判断したアティナは、「いや、やっぱりいいです」と引き下がる。

　ルビーニ家の面々が、ほのぼのとした空気の割にとてもしたたかであると、アティナは知っている。

　アレサンドリ王家も裏なんてひとつもないですといわんばかりの顔で、くせ者だらけだということも知りたくないけど知ってしまった。

　だから、きっと今回の領主決定は彼らの思惑《おもわく》通りなのだろう。

　アティナはもう王女じゃない。結果だけを受け止めればいいのだ。うん。

　気を取り直して、アティナはルイスとともに大聖堂へ進む。

　扉からまっすぐ伸びる赤い絨毯《じゅうたん》の終点では。光の巫女《みこ》の正装に身を包んだビオレッタが待っていた。絨毯の左右にあるベンチには、ルビーニ家の面々が並んでいる。

　彼らに見守られながら、アティナとルイスは祭壇《さいだん》までたどり着く。

「光の神の名において、今日、このとき、ふたりが夫婦となったことを認めます」

　ふたりの前に立つビオレッタが、両手を胸元で握りしめ、祈りを捧げる。

『互いを想いあうふたりに、祝福の光を。ふたりの幸せが、末永く続きますように』

　舌をころがすような不思議な言葉を唱えると、ビオレッタは両手を掲げる。そこに現れたの

は、人の頭ほどの光の粒。突然現れた光にアティナが驚いていると、辺りが急に暗くなった。

何事かと天井を仰《あお》げば、まるで星のない夜空のような暗闇が天井に広がっていた。

と、次の瞬間、ビオレッタが掲げる光の粒が、天井へ飛び立ち、夜の闇の中ではじける。

それはまるで、光の花のように。はじけて拡がった光が、瞬いて消えた。

光の花はひとつでは終わらず、いくつもいくつも、はじけては消えてを繰り返す。

魔法としか思えない。物語の世界でさえ見たことのない幻想的な光景に、アティナはただただ、魅《み》せられた。

「……精霊たち、はしゃいでますね」

「ルイスがやっと落ち着いたからのぅ……」

アメリアとベアトリスの、若干《じやっかん》呆《あき》れのこもった声が耳に届き、アティナは隣に立つルイスを見る。

ルイスはアティナの視線に気づかず、咲いては散る光の花を見上げている。光が瞬くたび漆《しっ》黒《こく》の瞳が輝き、つややかな黒髪がきらめくその姿は、なによりも美しいとアティナは思う。

アレサンドリ神国へ来てから、アティナはこの世のものとは思えないほど美しいものを、いくつも見た。

でも、やっぱり、アティナが一番美しいと、ずっと見つめていたいと思うのは、ルイスだけ。

だからアティナは、口にする。

「先生、大好きです」


ルイス・ルビーニは第十一代光の巫女、ビオレッタ・ルビーニの兄である。

父親であるエイブラハム・ルビーニが病を治療する薬の開発に力を注いだのに対して、ルイス・ルビーニは人々の生活に寄り添う薬を主に開発した。

肥料《ひりょう》や滋養強壮薬《じようきょうそう》などが例に挙げられるが、毛生え薬も開発しており、それは現在でも改良され使われている。

ルイス・ルビーニは五年ほどルルディ国で暮らしており、彼《か》の国の内紛《ないふん》を期に帰国している。

その際、妻となる女性を連れ帰っているが、彼女に関して、薄紅《うすべに》色の髪を持つ美しい人だった、という程度の資料しか残っていない。

ただ、妻についての記述は、ほとんどが同じ内容である。

ルイス・ルビーニの傍らで、いつも笑顔で寄り添っていた、と。

おまけ　アティナの命の使い道

ルイスと結婚し、幸せな日々を過ごしていたアティナは、自らの身体《からだ》に新しい命が宿ったと知ったとき、喜びと同時に計り知れない不安に襲われた。

アレサンドリ神国で暮らしてなお、アティナの身体は脆弱《ぜいじゃく》なままで、ルイスの薬を欠かさず飲んでいた。そんな状態で、出産という大事をこなせるのか。

アティナの母親も身体が弱く、産後の肥立《ひだ》ちが悪かったので、そのまま命を落としていた。アティナも同じ運命をたどらないとは言い切れない。

それになにより、生まれてきた子供も、アティナと同じように病弱だったら？

次から次にあふれてくる不安。けれど、すでに宿った命を手放す気になどなれず、どうか健康な子供が生まれますように。そして叶うなら、この子が健《すこ》やかに育つ姿を近くで見つめていけますように。と祈り続けた、その後――


「こら！　モップなんて長いもの、振り回してはいけません！」

「いやあぁぁぁっ！　だから高いところに登ってはいけないと言ったのに！」

「ダメダメダメ！　お父様の仕事部屋は、危険なものが置いてあるんですよ！」

「あぁっ、昨日咲いたお花がちぎられて……って、そんなものを口に入れてはいけませぇぇぇん！」

悲痛な叫びがルビーニ家に響き渡る。

アティナの不安がバカバカしく思えるほどに、生まれてきた息子は健康だった。むしろ元気すぎて世話をするアティナの方がへばってしまい、ルビーニ家に舞い戻ることになった。

病弱なアティナとひきこもりなルイスの間から生まれたとは思えない、とても行動的な子供で、子育て経験者のベアトリスたちが驚くほど、立ったり歩いたりする時期が早かった。

現在、息子一歳半。なにが危なくてなにが安全かもわからないうちから、好奇心に赴《おもむ》くまま歩き、手を伸ばしては口に含むため目が離せない。手が届かない高いところに置いてみれば、どこからともなく足場——本や籠《かご》など——を持ってきてなんとか手に入れようとする。

目的のために創意工夫《くふう》をする姿勢は素晴らしいが、そういうことはもう少し大きくなって分《ふん》別《べつ》がついてから行ってほしいというのが本音だった。

今日も好き放題暴れまわった子怪獣は、母親の気苦労も知らずすやすやと健《すこ》やかな寝息を立てている。

「アティナ、お疲れ様」

声をかけられ振り返れば、ルイスが立っていた。その手には、湯気の立つカップをふたつ持っており、そのうちひとつを差し出した。

お礼を言ってそれを受け取り、口をつける。爽《さわ》やかな香りと、ほんの少しの甘みが口の中に拡がった。

我が子が眠るベッドの脇に腰掛けたルイスは、かわいらしい寝息を立てる様子を見て、目を細めた。

「寝顔、かわいい」

「本当ですね。眠っているときが一番平和でかわいいです」

決して起きている間の息子がかわいくないと言っているわけではない。ただ、落ち着きのない我が子の世話に追われていて、しみじみ愛《め》でる余裕がないだけだ。

アティナの気持ちをきちんと理解しているルイスは、薄紅色の髪を優しくなでる。

「アティナ、いつもありがとう。アティナが、頑張って、この子を育ててくれているから、俺、とっても幸せだよ」

「そ、そんなの……私のセリフです。先生がいなかったら、こんな幸せ、手に入れられなかったもの」

ルイスがアティナの前に現れなければ、アティナは十七歳を迎えることなく死んでいただろう。いま目の前で幸せそうに眠るこの子にも出会えなかった。

「先生、あの約束、覚えていますか？　私の残りの時間、先生にあげるって。あの約束、少し変えてもらってもいいですか？」

「どう、変えるの？」

「私の残りの時間すべて、先生だけじゃなく、この子のためにも使いたいんです。だって、私はこの子の母親だから」

アティナはずっと、たくさんの人の優しさで生かされてきた。だから、その人々のためにこの命を使い切ろうと思ってきたけれど、息子が生まれ、今日まで育ててきて、考えが変わった。

一日でも長く生きて、子供の傍にいよう。誰かのために自分の命を使い捨てるんじゃない。どれだけ残されているのかわからない命の時間を、少しでも延ばしてこの子を見守ろう。

我が子を見つめるアティナの頬《ほお》に、ルイスが手を添え、振り向かせる。

「アティナの時間、全部、この子に使っていいよ。俺も一緒に、使うから」

目を瞬かせるアティナへ、ルイスは優しく微笑《ほほえ》む。

「残りの時間、ふたりで一緒に、この子を見守っていこう。俺たちは、この子の親なんだから」

アティナと同じように、ルイスも我が子を愛している。それが伝わって、アティナは幸福なため息とともに、告げる。

「先生、大好きです」

ルイスからの答えは、唇に触れるぬくもりだった。

あとがき

こんにちは、秋杜《あきと》フユでございます。このたびは『虚弱王女と口下手な薬師　告白が日課ですが、何か。』を手に取っていただき、誠にありがとうございます。

今回は病弱に元気な王女アティナと彼女の薬師ルイスのお話となっております。

いままで『ひきこもり』シリーズはアレサンドリ神国を舞台にしていたのですが、今回は国ひとつ挟んだ周辺国、ルルディ国でお話が始まります。

主人公となりましたアティナは初登場ですが、相手役のルイスはｗｅｂマガジンＣｏｂａｌｔに掲載した短編『ヒミツの巫女とこじらせシスコン』で初登場し、シリーズ四作目『こじらせシスコンと精霊の花嫁』でも重要な役割を担《にな》っております。ルイスの過去について詳しく知りたい方は、どうぞお手に取ってくださいませ。

ちなみにですが、『ひきこもり姫と腹黒王子』ではルイスの妹ビオレッタが、『こじらせシスコンと精霊の花嫁』ではコンラードとアメリアが、『ひきこもり魔術師と社交界の薔薇』ではルイスの母ベアトリスが主役のお話となっております。そちらもぜひ、よろしくお願いします。

さてさて、今回のお話のコンセプトと言いますか、目標はですね、ずばりルイスを幸せにしよう！　でした。途中いろいろとありますが、ちゃんと幸せになります。大丈夫！

前作『ひきこもり魔術師と社交界の薔薇』がひと段落して、幸いなことにもう少し書いていいよと言っていただきまして、担当様と次の主役を誰にするか相談しました。するとですね、担当様が「ルイス！　ルイスに幸せになってほしい！」とおっしゃられまして、読者様からのご要望も多かったこともあり、あっさり決定しました。単純なので、要望をいただくと書きたくなるのです。もし皆様もリクエストとかありましたら、お手紙などで教えてくださいね。

ルイスのお相手には、どんな子がいいだろうと考えたとき、真っ先に浮かんだのは「とにかくルイスに溢《あふ》れんばかりの愛情を与えてくれる人」でした。私のルイスのイメージは、尽くす人です。報われなくても、同じものを返してもらえなくても、ひたすら尽くし続ける。好きな人が幸せなら自分も幸せ、そう言えてしまう人だからこそ、出し惜しみせず愛情をストレートに伝えてくれる誰かに寄り添ってほしいな、と思いました。

ヒロインとなったアティナは、それこそ日課のようにルイスに告白し続けます。口を開けば告白が飛び出してくる。ちょっと滑稽《こっけい》に見えるほど愛を伝える女の子です。彼女のうっとうしいくらいにまっすぐでひたむきな愛の叫びこそ、ルイスにふさわしい。私はそう思います。

担当様。このたびは、本当に、本当に、お世話になりました。とてもとてもお忙しくされているというのに、ひとつの妥協《だきょう》もなく何度も何度も私を導いてくださいまして、ありがとうございます。担当様がいらっしゃらなければ、今作は完成しませんでした。担当様の作品に対する情熱には感服《かんぷく》いたしました。あと、腐女子のみなさんの懐《ふところ》の深さには驚きつつも納得しました。これからもよろしくお願いします。

イラストを担当してくださいました、サカノ景子《けいこ》様。いつもいつも美麗《びれい》なイラストで作品を彩《いろど》ってくださり、ありがとうございます。表紙絵でルイスが赤いリンネを持っているのを見たとき、すごくうれしかったと同時に胸がきゅんとしました。一緒に仕事ができる私は果報者《かほうもの》です。

そして最後に、この本を手に取ってくださいました読者の皆様、心より感謝申し上げます。webｂ短編で初めてルイスを書いたとき、まさか彼が主役になるとは思ってもいませんでした。でも、『こじらせシスコンと精霊の花嫁』を読んだ読者様が、「ルイスに幸せになってほしい」とおっしゃってくださったからこそ、彼は幸せをつかむことができたのです。『ひきこもり』シリーズを手に取って、そして、登場人物の幸せを願ってくださり、ありがとうございます。

ではでは、次の作品でお目にかかれますことを、お祈り申し上げております。

秋杜フユ

※この作品はフィクションです。実在の人物・団体・事件などにはいっさい関係ありません。

あきと・ふゆ

２月28日生まれ。魚座。Ｏ型。三重県出身、在住。『幻領主の鳥籠』で2013年度ノベル大賞受賞。趣味はドライブ。運転するのもしてもらうのも大好きで、どちらにせよ大声で歌いまくる迷惑な人。カラオケ行きたい。最近コンビニの挽きたてコーヒーにはまり、立ち寄るたびに飲んでいる。

虚弱王女と口下手な薬師

告白が日課ですが、何か。

COBALT-SERIES

2017年２月10日　第１刷発行

★定価はカバーに表示してあります

著者　秋杜フユ

発行者　北畠輝幸

発行所　株式会社　集英社

〒101－8050

東京都千代田区一ツ橋２－５－10

電話　【編集部】03-3230-6268
【読者係】03-3230-6080
【販売部】03-3230-6393（書店専用）

印刷所　凸版印刷株式会社

ISBN978-4-08-608027-9 C0193